GAEA

Gaea

寶箱
たからばこ。
護玄——著
案簿錄 柒

寶箱 案簿錄柒

目錄

人物介紹

虞因

擁有陰陽眼的大學生，雖然有些愛玩，但自己會拿捏分寸。厭惡沒道理的事情。

少荻聿

滅門血案唯一倖存者。語文、閱讀、記憶能力強；喜愛甜點，有著一雙紫色眼睛。

言東風

圖形、記憶、分析能力極強。不願與他人扯上關係，卻又放心不下。有厭食傾向，厭惡紅蘿蔔。

方曉海
阿方的妹妹，夜店經理＋罩場。
凶猛火爆又直爽的鐵板一枚。
正愛慕著條杯杯虞佟。
阿方
阿因朋友，前校園擺平者。
很會照顧人的大哥哥類型。
喜愛籃球、運動。
一太
現任校園擺平者。
看似隨和，卻常將身邊人搞得
團團轉。非正非邪。

人物介紹

虞佟

隸屬刑事行政單位；阿因大爸。
溫和穩重且有禮的娃娃臉熟齡男子，
但必要時可以很黑。

虞夏

刑事小隊長；阿因二爸。
個性暴躁，喜歡打擊犯罪。雖有一
張娃娃臉，但拳腳功夫了得。

玖深

刑事鑑識。
認真拚命的好青年。
厭惡、害怕不科學的事物。

黎子泓
刑事檢察官；東風學長。
正經、認真於自己的工作。
喜歡電玩、登山。
嚴司
法醫。
喜歡各種有趣事物，機車他
人為己任，非常不正經。
葉桓恩
隸屬督察室。
隨和，非領導型的輔佐。
養有愛貓雞肉乾，愛狗小魚乾。

可以忘得掉嗎？

那些曾經喜愛的，不想被人觸碰的，或是憎恨的。
將其鎖在深不見光之處，不允許空氣親吻撫觸。
不允許他人染指一切。
如果想逃開，就折斷手腳，輕柔地放進盒子當中。
如果想逃開，就緊掐頸項，用絹絲的布完整包裹。

然後，就永遠屬於我。

「現在是上課時間，你在這裡幹嘛？」

坐在鞦韆上，他緩緩抬起頭看向陌生來人。

「你應該是附近小學的學生吧？」

他搖搖頭。

「你該不會裝病蹺課吧？欸？學校教得太簡單……等等，這些是你畫的嗎？真厲害……

嗯？可以送我？」

「對了，你叫什麼名字？我叫　　　。」

……

「怎麼會怪呢，還不算難聽啊。」

「如果你不喜歡在現在的學校上課，那麼我教你如何？雖然我是高中……沒關係嗎？好

啊，那約好，放學之後來找我，我教你。」

「說好了。」

□

「嗚……嗚嗚嗚……」

她一邊擦淚一邊走在黑暗的步道。雖然早有心理準備，也預期到可能沒有任何結果，但當事實擺在眼前，難掩的失落還是鋪天蓋地地捲來。

怎麼可能會不難過呢？

「嗚嗚嗚……」乾脆蹲在路邊，放聲大哭了起來。

反正這個世界從來沒有人在乎過她，即使想要尋求個小小慰藉，也得不到善意的回應。

「找不到啦……」只是想知道而已，爲何這麼困難。

正沉浸在自暴自棄和悲痛中之際，本該無人的夜半小路突然照射進一道刺眼光線，讓已習慣黑暗的她瞬間無法適應，連忙遮住眼睛和臉，接著是猛烈的煞車聲。

待摩托車停穩後，驚罵聲直接傳來——

「幹！靠夭喔！恁祖嬤還以爲看到鬼！」

1

校園籃球場上傳來傳球的吆喝聲響，伴隨著球體彈跳與跑步的聲音。

地面上的深影也隨著主人們不斷跑跳著追逐，兩場比賽就在大太陽下激烈進行。

「傳過來、傳過來！」

「致淵擋住擋住！」

場上熱烈的鬥牛，場下休息的同伴們喝水說笑，三三兩兩的女孩偶爾喊著加油，或是無聊地滑著手機，等待男孩們停止遊戲。

抬頭看了下被老榕樹橫擋住的頂上陽光，他按按遮陽帽子，目光再次轉向籃球場方向。

「換人啦。」一記三分球射進後，這場比賽宣告結束，場邊的人也開始重新替換組合上場。

剛才搶下最多分的其中一名男孩拉著衣服擦臉，邊和同伴嘻笑著，邊離開籃球場。他拋著手上的銅板，越過了中央草坪與矗立在高台上的舞蹈藝術銅像，像是打算去走廊上找飲料機買點涼的。

榕樹下的人移開視線，閉上眼睛稍作歇息，打算等十分鐘後再離開樹下，繼續本來要做的事。

不過才不到幾分鐘，安靜的氣氛就被人打擾了。

「欸～我好像這兩、三個禮拜都有看見妳耶，妳是我們學校的學生嗎？」

聽見剛才在場上吆喝的聲音，他睜開眼睛，看見那個去買飲料的男孩子就站在面前，笑得很友善，手上拿著兩瓶運動飲料，其中一罐遞向自己。

「這個請妳喝，今天眞的很熱對吧……」

「我不是女學生，謝謝。」打斷對方的攀談，言東風瞇起眼睛。

「呃！」聽見了男生的語氣和聲音，男孩愣了愣，有點吃驚，「抱歉抱歉，不過還是請你喝吧，我看你好像眞的很熱。」

東風沉默了下，接過對方的飲料，道了謝。

男孩咧開大大的笑容，一屁股在旁邊的空位坐下，「我叫林致淵，高中部三年級的。你是我們學校的嗎？好像沒在學校裡看過你。」他說著，更好奇的是對方的頭髮，他記得學校是有髮禁的……

「以前是。」

「喔！學長好！」林致淵喝了口飲料，見對方似乎沒什麼想搭話的意思，想想還是自己開口：「學長是這幾屆畢業的嗎？如果要找老師，可能要平常日才找得到喔，我看你都是假日來的。」他們這群人固定六、日下午會來打籃球，平常中午吃飽飯或下課時也會抓緊那五分鐘、十分鐘出來跑一跑，所以他很確定只有六、日才會看到這個人。

因爲頭髮長長的，身形看起來又很纖細，他才會留意，以爲是哪班的女同學。

雖然平常打籃球時有不少女生跑來，目標是什麼也很明顯啦，不過固定時間出現、又離得遠遠的沒幾個，上禮拜他們朋友下場休息時，才有人開玩笑說要來追看看，幸好那時候沒人衝動。

「……十年前，國中部。」東風低頭小口喝著冰涼的飲料，淡淡回應。

林致淵差點一口飲料噴出來，連忙轉過頭咳了聲，「這樣啊。」還在想應該是最近上大學的學長……

「你朋友在叫了。」

林致淵看向籃球場，果然看見幾名同伴在叫喊，還有人拍著球，催促再下來打一場，「先這樣啦，學長等等如果還在，看要不要和我們一起去吃飯。」

東風並沒有點頭答應，只看著高中生笑鬧著跑回去重新加入比賽，還稍微聽見幾個人在問怎麼樣之類的。

反正結果一定不會是這些血氣方剛年輕小孩想要的，哼。

又稍坐了幾分鐘，他就提著飲料瓶離開樹下了。

……這天氣果然熱得讓人想殺人啊。

感覺氣溫好像沒降多少，東風默默抹了把臉，龜速地往校門口移動。

都已經躲了一早上，那些傢伙應該放棄了吧。

確認過時間，東風計算車程還有段距離，估計現在回家應該可以避開煩死人的各種問候和餵食後，才安心地往公車站牌移動。

雖說是假日，但學校周圍多少仍有學生出入。扣掉來運動打球的、社團樂隊練習的，有些住得近的也會和友伴相約好在學校外集合，然後一起出遊。換下那身學生制服，年輕乾淨的臉上依舊是掩不去的青春氣息。

這年紀的小孩們大半還沒太多實質的社會煩惱吧，頂多就是想著學業、戀愛，哪位老師特別煩人，或是要找什麼藉口溜出家門玩之類的。即使當年東風並沒有特別混在小圈子當中，但也知道大致不脫這幾項。

仔細想想，自己離家時似乎沒找過什麼藉口，出門也不特別交代什麼，總之有回家就沒事，家裡的人也不太會唸，給了十足的自由。

「妳說那個網友眞的要請我們一起吃啊？網路上那家店看起來有點貴說～」

「安啦，他說要請就要請，妳管他。」

「也是啦哈哈～」

東風偏過頭，看見左後方的幾個小女生嘻嘻哈哈的，拿著手機正在討論，看來不像是要搭公車，就只是坐在後面打鬧，顯然是在等所謂的「網友」來接送吧。

「欸，前面那個女生好瘦喔。」

「眞的耶……」

這次懶得解釋自己不是女生的問題，東風向前踏一步，正要舉手攔公車時，一輛飛速衝來的野狼突然煞在他旁邊，只穿短襯衫加熱褲的車主帥氣地將安全帽一脫、頭髮一甩，露出來的是東風曾見過幾次的女孩漂亮的面孔。

「你不是阿因那個快餓死的朋友嗎？怎會在這種地方？」大老遠就注意到人，小海爽快一笑，「眞巧，老娘正好有事來這邊，要不要待會載你一程？不然從這裡回你家很遠喔。」

「不用了。」東風搖搖頭。

「免客氣啦，阿因的朋友就是老……我的朋友，記得你也是黎檢學弟，那大家都是自己人啊。來來來，等等順便去吃個晚飯，我請客。」小海直接將摩托車熄火，張望了下，把車子牽往旁邊的停車格。

有點想回對方「誰跟妳是自己人」之類的，不過東風還是把話吞回去，同時見到原本要搭的公車從面前呼嘯而過，完全不停留，車屁股還賞他一記排氣，就這樣消失在馬路彼端。

「……」

正想要攔計程車立刻離開現場，同樣迅速停好車的小海甩著鑰匙，不由分說地直接抓住他的肩膀，「正好你在這邊，你腦袋不是也不錯嗎，這樣就不用去拜託小聿了，你先給我拜託拜託，等等我做東，請你吃頓好料的。」

東風只覺得被某種強悍到不像女生的力道拖著往前走，完全掙脫不了，「我……」

「天氣熱吃點酸辣的不錯，不過你看起來好像胃不好，還是別吃酸辣涼冷了，老娘知道溫補的店，帶你去吃吃，然後請你去我們店裡喝一杯。」小海很快地盤算好店家，騰出手，給朋友餐廳那方發了訊息，留兩個位子。

「我不用……」

「訂好了，我有吩咐他們不要弄油的，甜品你吃吧？他們家的甜湯很好喝的。」小海邊說著，邊將手機插回後褲袋上，然後朝對街揮手。

這時，東風才發現自己已被半拖半拉地走回剛才離開的高中校園門口。

警衛室前，一名少女正在對他們揮手。

□

「我叫舒星瑀。」

站在警衛室前，和小海約在門口的女孩有點尷尬地自我介紹著，「那個……小海姊是……是幫忙……」

女孩的聲音越來越小，後面的話就這樣消失在喉嚨裡了。

東風盯著和小海截然不同的女孩看了幾秒，有點疑惑地轉向一邊的女性。眼前的女高中生擺明就是極度內向的類型，不但衣服穿得中規中矩，連頭髮也沒有絲毫染燙，整理得乾乾淨淨；視線完全不敢對著自己，就是很緊張地抓著衣角直看地面，很難和小海這種有凶氣的女生聯想在一起。

「這是老娘最近認識的新朋友，因爲有點麻煩，所以我正在幫忙。」小海眨眨眼睛，拍拍東風的肩膀，「本來想說今天載她去找小聿算了，沒想到會遇到你啊。」

「……所以妳所謂的幫忙是這個？」東風看著乖巧的高中生，不懂有什麼好幫的，這種類型應該不至於惹上什麼太難處理的麻煩吧。

與女孩對看一眼，小海抓抓臉，「說來話長，不然我們去附近坐著講好了，有夠熱——」

「學長！」

東風聽見有點熟悉的聲音打斷了小海未竟的話，才想起來還有個麻煩的傢伙。剛剛果然應該當機立斷甩開人馬上回家才對。

林致淵和一大群打球的男男女女步出校門，原本聊得正熱絡，猛一看見東風還在學校，立刻快步跑來打招呼，「果然還在，學長要不要跟我們去吃冰啊？吃完去吃飯。」

「學長？」這次換小海疑惑地上下打量東風了，「你這裡的學生喔？」這就難怪，她還在奇怪怎麼有人會突然跑到這麼遠的地方來，還是學校附近，本來想說有可能是工作上的需要；先前有聽過說是什麼做雕刻的。因爲自己手笨，沒辦法做那些精細的東西，所以小海對可以做出美美物品的人特別有好感，像是那個會煮飯的唐雨瑤也一樣。

「……」東風開始有點相信出門要翻一下黃曆這種話了，沒想到窩在家裡麻煩，出來也各種麻煩。

「學長說他以前是這邊國中部的。」林致淵很爽快地回答小海的疑問，同時發現縮在小海身後的女孩，「咦，妳不是二年級那個……」

「你們也認識喔？」小海直接把後面的女生給拽出來。

「不、不……沒有啦……」舒星瑀把頭低得不能再低。

「我好像常常在導師辦公室看到妳對吧，妳不是負責打掃辦公室嗎。櫃子上那盆萬年青本來快死了，結果現在被你們種得很漂亮，有些老師還誇獎你們掃得很乾淨。」林致淵歪著頭，確認自己沒認錯人，說道：「眞巧，啊、還是妳們也一起來吧，天氣這麼熱，一起去吃冰吧。」

「你朋友在叫你了。」面無表情地叫對方看看後頭正在召喚的友人群，東風開口：「改天有機會再吃。」他不用看也知道女孩完全不想去，而且顯然還被嚇得要命。

「這樣喔，那好吧。」林致淵聳聳肩，拍了下女孩，「那學長我再問她怎樣聯絡你吧？」

「隨便。」他打死都不可能給這個小女生聯絡方式的。

舒星瑀縮了縮，再度躲回小海身後。

林致淵打過招呼後，就快步跑回那群男女身邊，一行人繼續吵吵嚷嚷地離開了。

「原來你也是這學校的學生啊，這樣事情就好辦了。」等到那群小孩子遠去後，小海才露出有點奸險的笑容，一把搭在東風的肩膀上，「那幫忙是理所當然嘛，幫幫你可愛的學妹吧，這是做好事。」

「……」東風覺得自己應該是沒有拒絕的餘地，只能被硬押著往反方向的飲料店移動。

走了一段路，選擇了間稍微有點價位的咖啡店。那是家布置溫馨的乾淨小店面，門口還擺著手寫餐單的小黑板，上面漂亮的粉筆字寫著今日特餐介紹，還畫了小花邊，看起來相當討喜。推門時門上的鈴鐺發出沉靜溫和的聲音，店內氣氛與涼爽的室溫很快讓人放鬆下來，打扮整齊的店員立即迎上來招呼。

不知道爲什麼，東風開門時愣了下，反應比較快的小海就讓店員領他們到比較安靜的位子，隨意點了些零食。

「所以妳們究竟是有什麼事情？」東風看女孩好像還是很緊張、不敢開口的樣子，乾脆直接詢問小海，不想浪費太多時間。

「這個嘛，老娘也是前不久才認識她的，事情是這樣……」

據小海所說，她在兩週前處理完事、清晨回家時，差點撞上蹲在路邊的小女生。

原本以爲是逃家的青少年，正想要扔著不管，才發現小孩的穿著打扮不像是那種會遊蕩的，也沒有帶包袱。一問之下，才知道是趁晚上家人睡覺跑去學校找東西的。

「我是想找我姊姊留下的東西……」舒星瑀鬆開抓著衣襬的手，從側背包裡拿出張風景明信片，遞給坐在對面的東風，正好一旁的女服務生替他們送上了點心與飲料，差點不小心撞上，連忙道了歉後，她才繼續說道：「我姊姊七年前是我們學校的學生……」

東風翻看了明信片，皺起眉。是很普通的風景明信片，照的是淡水老街一角，上面有郵戳與收件人、寄件人姓名地址，陳舊的筆跡寫著中秋問候之類的簡短字句，空白處則有不同筆跡以藍筆添寫上幾個句子。

收件人的名字是「舒星玲」，寄件人則是「湯紀嵩」。

漂亮的藍筆字跡則寫著：「持劍所在，就是心埋藏的地方。」

「我姊……我姊因為身體很不好，七年前就過世了。但是她人很溫柔，小時候姊姊特別照顧我，說話輕聲細語的，功課和人緣也很好……我是今年過年整理倉庫時才發現這個，就夾在我姊的日記裡面……因為怕我媽會難過，所以我就、就按照姊姊日記裡的通訊錄打了幾通電話找她以前的好朋友……」女孩低著頭，緊抓著杯子，努力說道：「找到了三個同學……她們說班上所有人都收過類似的句子，但是很久以前就找到了，大家在畢業前一起找的……姊姊過世那年好像藏了一些東西在學校，是給全班的畢業禮物……」

「全部都是用這種明信片嗎？」仔細辨認郵戳，的確是七、八年前的無誤，沒有任何變造跡象，東風想想問道。如果是就有點奇怪，畢竟這種使用過的明信片看起來比較像私人物品，應該不會拿這種東西給同學，更別說全班。

「不不，好像只有我這張是這樣，同學的全都是小卡片。姊姊當時寫好請老師轉交給大家的。」舒星瑀頓了頓，抹抹眼睛，「我問過了，姊姊同學說他們沒有明信片這個，我想東西應該還在學校裡，有可能是留給我或爸媽……可是都七年了，只有我的沒找到……」

「學校這些年來也改變不少，找不到是正常的，妳就死心不要繼續找了。」把明信片還給對方，東風立刻給結論，「況且也不一定是給你們，要給家人不如明說，別浪費時間。」

「欸，好歹冷水不要潑這麼大一桶。」嚼著蛋糕的小海白了東風一眼。她也是那天晚上問出這件事後，這一、兩個禮拜有空就來陪小女生找，不過也沒個頭緒，她最不擅長動腦子了，寫這什麼鬼謎語簡直逼死人。

東風聳聳肩，正打算離開時，發現少女突然眼睛一眨，眼淚就這樣噴出來了，當場讓他一愣。

「我就知道、我就知道……嗚嗚嗚……」

連忙把蛋糕給吞下去，差點嗆到的小海趕快拍著小女生的頭安撫。

其實這個根本不干自己的事。東風嘖了聲，打算甩頭離開之際，就看見剛才的服務生拿著包衛生紙，默默地放在他手上。

「……」只能再坐回去，把那一大包衛生紙塞給小海，「那妳們有找到哪些線索嗎？」

小海抽了幾張往女孩臉上壓，然後抓抓頭，有點苦惱，「沒，老娘跟她跑了不少地方，美術社啊、掛畫啊，都沒看到啥持劍的，完全找不出個鳥，誰知道她寫的是什麼。」

「我姊留下的日記本和電腦說不定有……」小心翼翼地插進話題，舒星瑀邊擦著眼睛、鼻子，邊小聲地開口：「主機還收在倉庫裡面……」

「既然這樣，妳怎麼不自己試看看？」對於這種事事要別人幫忙的人感到有點煩躁，東風口氣當然沒有好到哪裡去，「東西都是在妳家裡的吧，這麼想找到，應該要自己先搞清楚不是嗎。」

「這個……」扭緊手上的衛生紙，舒星瑀低下頭，「我媽不准我去翻我姊的東西……不過我有偷偷拿硬碟出來開過……但是很多東西都鎖住了……」

「要不，我撂幾個懂電腦的小弟來弄看看？」小海抽出手機，直接就要找人。

「千萬不要，我媽一定會發飆。」連忙制止小海，舒星瑀緊張地否決，「我家很嚴，連同學都不能隨便帶回去，拜託不要找別人。」

「硬碟是好的嗎？」東風冷眼看著兩人，按了按額頭，深深覺得各種麻煩。

「嗯，雖然放很久，但應該沒壞，可以正常讀取，我也有點意外。」舒星瑀很快地點頭，直看著東風，比劃著說：「可能是我媽收起來時保存得很好，居然都沒有損傷耶！我趁爸媽不在家，把裡面的檔案全都複製一份過來，但很多都加密了，還想說要請網友幫忙解看看。」

「……妳說到電腦倒是很爽快。」

被東風這樣一說，舒星瑀整張臉炸紅，立刻又將頭給低下去。

「對了，那張明信片的寄件人妳認識嗎？」東風只剩下這問題。

「不認識，但好像是我姊姊以前的網友，應該是很好的朋友所以才交換地址。我記不太清楚，只知道後來好像有跟這人持續通信，其他的就不知道了，爸媽也不肯告訴我。這地址我偷偷去找過，現在是空屋，問附近的人，說很久沒人住了。」試圖查找線索時，舒星瑀也嘗試問過父母，結果換來臭罵一頓，就不敢再提了。

東風嘆了口氣，站起身，「走吧。」

「沒想到東風小弟這麼乾脆啊。」小海立刻灌掉飲料，笑笑地掏出鈔票交給店員結帳。

「我想趕快把這些麻煩事解決了回家去，還有不要叫我小弟。」東風轉過頭，對著小海開口——

「我比妳大。」

□

「唉呀呀，被放鴿子了。」

站在緊閉的大門前，覺得自己人很好，提著一大盒養生蛋糕來探望的嚴司，有點遺憾地直搖頭，「人生就是，千萬別打電話通知他，好讓他有機會提早落跑。可惜了楊大廚的精心陰險……精心之作～」

難得他今天放假，人太好地去磨楊德丞做個好吃的，心血來潮先打個電話說要過來，沒想到讓屋主有機會遁逃了。

嚴司決定下次要用突擊的方式來獵捕某屋主，就像早餐突擊一樣，讓他防不勝防。

「我覺得接到嚴大哥電話會想逃是很正常的……」本來只是想帶點東西過來，沒想到會在這裡碰到另一個麻煩人物，虞因小聲地說著。

「嗯？被圍毆的同學，我爲人不夠親切和藹嗎～」

「你超親切的。」親切到讓人感覺好像看到九條尾巴在後面飄動啊……虞因咳了聲，「既然東風不在家，我先回去好了。」

「那我跟你回去。」這時候去他前室友辦公室蹦跳估計會被轟出來，嚴司很有自知之明地自己找樂子，「伴手禮，挫骨揚灰的核桃味蛋糕一盒。」

「嚴大哥你怎麼可以講得這麼理所當然。」也不是不歡迎對方來玩，但是虞因就是有點那啥……「好歹也是我家吧」之類的感受，「挫骨揚灰到底是什麼啊！」

「把核桃磨成粉啊。」楊德丞爲了讓那隻小的吃進更多東西，下的苦功可足了嘖嘖。有時候嚴司眞覺得友人是喜愛挑戰類型，尤其在食物上，不管用什麼方式都要讓人不知不覺吃下去，某方面來說有點可怕，因爲哪天他心情不好，別人吃到什麼都不知道。

「你這樣說沒人會想吃啦。」虞因沒好氣地直搖頭，正想再吐槽對方幾句，突然好像聽見某種聲音低低地傳來，「……」

「怎麼？發現自己對歧視核桃粉感到過意不去了嗎。」嚴司大人大量地把手上蛋糕盒遞過去，「ＯＫ的，你還有機會認錯，核桃有生之年應該會原諒你。」

「你才該對核桃下跪認錯。」虞因直覺回罵了句後轉過頭。的確聽見大門深鎖的屋裡傳來聲響，東風出門了，照理來說應該沒有任何人的屋內卻傳來聲音，「……聽見了嗎？」

同樣聽到聲音的嚴司點點頭。

既然嚴司也聽見了，那就不是阿飄。虞因輕手輕腳地移動到門邊，仔細傾聽……果然屋裡有聲音，雖然非常小心，但東風家裡地板上經常布滿灰石與黏土碎屑，移動時就算再怎樣留意，多少還是會發出磨擦聲響。

嚴司靠在門邊，無聲地按了按手機，發出幾條訊息給他家前室友和正在忙碌其他工作的虞夏。

似乎也留意到屋外的人突然靜下來，屋裡的聲音猛地停住，像是隔著扇門和他們僵持起來。

「裡面的人聽著，你已經被包圍了，乖乖放下武器出來投降。」確認屋外保護他們的員警，收到虞夏命令正趕上來後，嚴司當然就不客氣地直接敲門，「別做無謂的抵抗，你逃不掉的。」

沒想到這人居然直接對屋裡大喊，虞因一時不知做何反應。

屋裡瞬間安靜下來，不再出現任何聲音。

很快地，留守在外的兩名員警上來，同時聯繫房東前來開鎖。

此時，虞因等人聽見屋裡傳來一陣巨響——聽起來像是有人推倒了裡頭陳設物品的架子，大量雕塑等物乒乒乓乓掉落在地的聲音，接著是玻璃破碎聲，以及尖銳的女性尖叫聲。

僅僅眨眼時間，便出現了某種東西重重摔落在屋外樓下的巨大撞擊聲。

混亂中，虞因還沒反應過來，大門突然喀地聲，竟然自動開鎖了。

「一個快下去看看。」嚴司直接推開門，轉頭對員警們說道。剛剛的聲響很明顯是有人掉到樓下去了。

一名員警立即邊呼叫協助邊往樓下跑，另一名則跟著他們進屋。

屋內呈現極度雜亂的狀況，果然有幾組架子被翻倒，玄關邊的小鐵架、客廳兩側的大鐵架幾乎無一倖免，各式各樣的雕刻品摔了一地，大部分都摔壞了，有的甚至完全破碎，看不出原樣。

虞因第一時間只感覺到很可惜，因爲他很喜歡來這裡看雕刻品……當然那些通緝犯人像除外啦，不知道爲什麼會有一堆通緝犯人像。收回惋惜的視線，他看向剛才傳來最後動靜的位置——正對大門的客廳破了兩扇窗，除了玻璃，連窗框都被撞開，可見撞擊力道之大。

很自然地，三人朝著窗戶方向走，中途閃避橫擋在地的鐵架與雕刻品，那些鐵架一路倒到窗戶邊，好不容易通過後探看屋外，果然看見地面橫躺著一名少女，身體四肢呈現不自然扭曲狀態，身上有些許噴濺到的玻璃碎片；一同被撞掉的窗框則掉在身側。少女直擊地磚的後腦勺碎開，流出大量血液與不明物體。隨著員警到達，路人們也發出驚慌的叫聲。

「怎麼這麼吵？」

「別進來！」喊住站在門口的年輕夫妻鄰居，嚴司說道：「你們不要亂碰，站在那邊就好。」說著，就和虞因兩人一起原路退出去。

「發生什麼事了嗎？」夫妻檔中的丈夫和嚴司、虞因照面過幾次，直接開口詢問。

「喔，大概是有小偷，不小心摔下去吧。」注意到大樓其他住戶開始來到這層樓，嚴司讓員警去淨空人群。

「艾艾，妳先回去吧。」拍拍妻子的頭，長相有點老實帥氣的男性——張閔疑惑地往屋內看了幾眼，「東風家應該沒什麼好偷的啊……呃、之前我和艾艾有送一些小點心什麼的過去。他應該沒事吧？」

「幸好他不在家。」嚴司聳聳肩，正要叫對方也回家時，旁邊的員警突然走向自己，低聲說了幾句話，「嗯，知道了。」

「怎麼了嗎？」虞因看了看亂七八糟的屋裡，邊想著東風回來應該會氣炸，邊慶幸還好今天他跑出去了。不過那個小偷究竟是什麼時候進去的？他和嚴司一前一後到達，加上閒聊，起碼也待了半個多小時。

「這個嘛，得等老大來確認。」嚴司笑笑地看了眼張閔，「兄臺你快點回去吧，等等會有警察過去問你和你老婆一些問題。」

「好，你們辛苦了。」張閔說完，便退回自己的屋子裡去。

聽著遠處傳來的警笛聲，虞因抓抓頭，不知道自己等等會不會又被揍。不過來找東風遇到這種事情，好像也不能怪他就是。

咳咳……

反射性抬起頭，虞因才發現自己直覺循著聲音看向無人的屋內。

淡淡的咳嗽聲消失在空氣中，彷彿像是他的錯覺，不再響起。

「怎麼？阿飄急速生成了嗎？」嚴司直接送上這句。

「生成你個大頭。」虞因罵過去，才打算退到旁邊等，猛然發現嚴司根本是渾然天成的該死烏鴉嘴。

——全身是血的少女站在窗邊，染血的赤紅色眼睛狠狠地瞪著他們。

「……靠。」虞因只有這個反應。

「哪裡哪裡？在哪裡？」嚴司興致勃勃地尋找第一現場，他好像第一次如此活生生、新鮮無比地在案發現場直擊啊！

「……」虞因整個覺得無言，看著血影消失在窗邊。恨意啊，赤裸裸的恨意，完全就是死不瞑目快要變厲鬼的前奏。該不會眞的是被隔壁這仁兄給嚇到摔出去吧……如果因爲這樣進而纏上嚴司，他果斷決定這次要閃遠一點。

嚴司搭住虞因的肩膀，直接把人轉到已被淨空的樓梯間。

「放心，世界上沒有哪個小偷聽見被包圍之後，努力砸爛人家房子才嚇到跳樓的。」

「世界上大概也沒幾個人明知道有小偷，還故意打草驚蛇。」

放下手邊正在處理的案件，收到消息後，第一時間趕過來現場，虞夏覺得最近經常處理這種「高處掉落」的案件，看了上方一眼，開始感到浮躁。

「有啊，你面前不就一個。」站在封鎖線外的嚴司比了個ＹＡ。

如果不是因爲時間地點不對，虞夏眞的很想往對方臉上來一拳。

蹲在旁邊的虞因給不知死活的某人一個白眼。

「你們確定來之前都沒看過死者嗎？」虞夏蓋上白布，皺起眉，走到封鎖線邊詢問。

「是沒有。不過如果不嫌棄的話，老大你可以試試觀落陰，滿準的，我個人掛保證可以提高八十趴的破案率。」把身邊的大師推出去，嚴司很誠懇地介紹。

虞夏這次眞的翻出封鎖線打人了。

「二爸，媒體、媒體啦。」虞因連忙攔住人，瞄見了在外面投以好奇視線的記者，讓他比較安慰的是，他看見黎子泓的車也到了，這樣可以減少某法醫沒事就在旁邊作祟的頻率。

黎子泓到場時，看了眼站在外圍的嚴司，沒多說什麼就走進，直接朝虞夏問道：「怎麼這麼急？」他忙到一半時收到訊息，讓他趕快到場，所以就放下手邊所有工作立刻出發。

虞夏沒開口，直接朝對方招手，接著翻開了布料，指向死者微側的頭顱。

雖然染上不少血跡，但黎子泓還是看得出來死者左頸處有一道像是刺青般的痕跡，而且相當眼熟，他馬上就知道爲什麼虞夏要他立即趕過來，「……」

「根據大樓住戶與隔壁鄰居提供，就和阿司他們說的一樣，這名少女似乎是潛進東風的家裡，不知爲何撞破窗戶玻璃摔下來的。」雖然東風住處不算高，但死者後腦著地，還不偏不倚磕到原本就有點破開的地磚，才會摔得這麼嚴重。虞夏頓了頓，詢問：「我剛剛去電問了東風，他看了照片，說不認識這名死者，你有看過嗎？」

黎子泓端詳死者的面孔，很肯定地搖頭，「沒見過東風身邊有這樣的朋友。」

「那很可能就是……」要給他們警告。

虞夏沒忘記虞因等人之前去旅遊時發生的事，既然對方會特意到那裡攻擊虞因，當然也很有可能潛伏在他們這些人身邊等待機會。

這樣看起來，很可能是趁東風一早出門便躲進去，打算等他返家時襲擊，但是被嚴司和虞因發現後，不知道什麼原因墜樓。

蹲在旁邊的黎子泓看了半晌，覺得不太對勁，伸手要轉動死者頭部時，突然被割了下。

「小心，死者身上都是玻璃碎片。」撞破玻璃墜樓後，有不少的碎玻璃散布在屍體上，以及周圍附近。虞夏看對方只是手套有點被割壞，幸好並沒有實質受傷，就拋了雙新的過去。

「屍體不太對……阿司，進來一下。」黎子泓換掉手套，瞪了竟然還在外圍打混摸魚的渾蛋。

「欸~梧桐快到了耶~」

「馬上，進來。」黎子泓補上四個字。

嚴司只好乖乖接過員警們遞來的裝備，這才踏進現場。

按照黎子泓的指示先行確認過屍體幾個部位，他嘖了聲：「大檢察官，你最近眼睛真的變利了，留口飯給別人吃啊。」

「如何？」黎子泓懶得理對方廢話。

「噹噹，謎底揭曉，這位新加入年紀輕輕死於非命俱樂部的新同學，並不是生前落地的~」嚴司壓低聲音，用只有他們三人能聽見的音量說道：「她先掛掉，接著復活成新鮮喪屍，嘎啊啊~嘎啊啊地撞玻璃跳樓，我建議你們最好先往她頭部來一槍，避免她想到就跳起來咬人。」

扣掉那些多餘的話，黎子泓確認自己的判斷無誤，抬頭看見虞夏並沒有意外的神色，知道對方在看過屍體之後應該也懷疑這點。

活人與死人墜樓後所呈現的屍體狀態是不一樣的，這次屍體保持得比較完整，很容易便可以發現不對勁。

既然死者是在死亡的狀況下墜樓，那也就只有一種可能。

絕對不是嚴司所說的喪屍跳樓。

「這附近一定還有同夥，叫所有人小心。」

「你們以後禁止靠近我家。」

東風折騰了一下午，竟然還收到他家有人莫名其妙墜樓的消息，現在有家歸不得，只好來寄宿，他深深覺得問題肯定都是出在這票人身上。

「欸，這也不是我們的錯啊。」虞因有點無辜地說道：「好像是那些組織的人偷摸進去吧，幸好有發現，不然你回家不是更危險嗎。」

「安啦，看他敢冒出來什麼，恁祖嬤絕對揍得他做狗爬！」充當接送的小海比了記拇指，她可是全天候都可以開戰。不管要從哪邊跳出來，她都可以第一時間做掉對方，然後拖去堵海口！

「說起來，你們兩個怎麼會混在一起？」

從東風住處回來後，虞因乖乖地照他家老子的話縮回自家，來湊熱鬧的嚴司一臉就是厚臉皮要留宿，接著打電話給東風，讓他今晚也過來睡，稍晚就發現人是小海載來的。放假的小海好像今天一整個下午都和東風混在一起……虞因聽見這消息時眞的有點驚嚇。

「喔，這個是老娘拜託他的。」看東風沒有阻止，小海就認真地把舒星瑀的事情大致上講了，畢竟人多就勝過一個諸葛亮嘛。

總之，下午他們轉到舒星瑀家裡，才知道女孩家眞的滿嚴格，就和她說的相同。姊姊過世後遺物都被封箱在儲藏室裡，父母平常不允許小女兒去碰這些物品，而且對課業和生活也都有標準要求，不喜歡女兒平常出入娛樂場所等等，所以舒星瑀才會趁晚上父母在睡覺或者藉故假日到學校圖書館溫習之類的返回去尋找。

趁父母假日加班，舒星瑀帶他們翻出那些舊日記，先前她翻拍了一小部分，三人趁下午時間把剩餘的都拍攝起來；另外東風也備份了電腦檔案，在舒家大人回家前，便先行離開。

「現在還有人玩這種藏寶遊戲啊？」嚴司聽著也很好奇，拿過聿端來的手製點心，一群人乾脆坐在地板聊起來，「我還以爲現在都流行藏在手機裡了，大家都在那邊滑來滑去。」

聿坐到東風旁邊，接來手機，翻閱那些陳舊日記。

「日記有些被撕掉，聽說是姊姊自己撕的，好像寫得不滿意、或是有些事情不太想被家人翻閱，病重前自己處理掉一些。」看聿停留在被撕毀的殘頁上，東風隨意說道。

聿點點頭，表示了解，便繼續看下去。

「檔案的話，我房間的電腦你們可以隨便用。」現在估計也不方便讓他回家用電腦，虞因看了眼時間，「不過要吃過飯才可以用。」

「啊！放飯啦？老娘也餓了！」因爲臨時的這些事情，所以小海並沒有按照本來的行程去吃好料，而是整個打包過來，交給聿去處理。

「嗯，好了。」聿歸還手機，起身先走去飯廳準備碗筷。

對這些資料沒興趣的小海也蹦起來，哼著歌跟去幫忙。

看著收起手機的東風，雖然知道他們是在幫舒星瑀，但虞因多少還是覺得這樣翻人家私密的日記和檔案並不好，反過來說，自己如果哪天掛了，當然也不想被翻這些東西。

「我也不喜歡。」東風抬起頭，冷淡地開口：「不過，他們還是得找到自己該找的東西，對所有人都好。」

「沒想到學弟意外地人很好啊……欸，別不理我啊。」本來想無聊個兩句，結果嚴司才一開口，就看到完全不買帳的小孩竟然直接給他起身走掉，「眞不親切啊～」

虞因有點無奈地看嚴司也跟著晃過去湊熱鬧，好笑地搖頭。他家大人估計今天晚上會很晚回來，家裡熱鬧點也好，不過等等要不要請外面的大哥們也進來啊……好像還是不要好了，過多的接觸反而容易讓他們的身分曝光，這樣會起不了保護作用。

他稍微收拾點心盤，正要起身去吃飯，突然聽見一陣細細的咳嗽聲，就和下午聽見的一樣，帶了點年紀，很快便消失在空氣中。

環顧整個客廳，並沒有看見任何多出來的東西。

「……」好吧，今天也不是沒發生事情，他可以原諒這變高的頻率，「如果眞的有事想要告訴我們，麻煩請用溫和點的方式，也不要去欺負其他人，否則恕不受理，煩請另找高明。」經驗告訴他，這個咳嗽聲音應該和那個跳樓的屍體不是同一個，雖然說不出個所以然，不過虞因還是很肯定這點。

只是，東風家裡應該沒發生過其他事情……難道之前是凶宅？不過如果是凶宅，自己進出那麼多次應該早發現了才是。

算了，反正遲早會知道。

「阿因，快來吃喔，不然你那份會被吃光喔～」

小海的聲音從廚房裡傳來。

「……咦？」

對了，小海在他家啊！

虞因這次眞的有點驚訝了，沒想到小海在這裡，竟然還會有東西跑出來。雖然說是等小海去飯廳才來的，而且很快就跑掉，不過爲什麼能夠進來呢？

「叫你吃飯還在磨蹭什麼啊！」

「來了來了！」

改天，再問方苡薰看看吧。

□

吃過晚餐，小海收到通電話，罵了幾句之後就野狼一飆，瀟灑離去。

見女孩如此爽快消失在街道盡頭，虞因也不知該好笑還怎樣，總之趁著街上沒人，送去一些吃喝的給外面的員警，打過招呼便回到屋裡。

本來在客廳的東風和聿已經溜上樓去用電腦了，只看見嚴司在客廳看電視、吃點心。

「嚴大哥，今天的事情……」

「喔，等老大他們的下文吧，現在是呈報一般入室偷竊的案子在辦。」關掉無聊的節目，嚴司轉過身，「比起那件事，被圍毆的同學，我們聊一下。」

「……正經聊還是不正經？」對方這種認眞的語氣，讓虞因突然有點毛，感覺好像又會被唬爛什麼有的沒有的。

「你眞是太讓我難過了，從我出生開始，開口每一句都是超正經的啊，怎麼可以如此質疑我的眞心，這年頭要當個好人老實地說話還眞不容易，唉。」嚴司痛心地看著某大學生，感到很哀傷。

「呃，要聊什麼正經的？」虞因現在只覺得一堆黑線從後腦掉下來，但是現在反駁一定會有更多歪七扭八的話冒出來，所以乾脆順著剛剛的話題說下去。

嚴司稍微思考了下，才開口：「我還眞沒想到小東仔會主動回他學校……」飯前聽小海敘述時，他還眞的有吃驚。原本他和他前室友是打算試探對方現在心境是否比較能接受，再挾著一起回去，但沒想到那小子竟然悶聲不響地自己摸回去，而且看樣子肯定已經回去不短的時間，估計最近躲他們都是往學校跑了。

「嗯？你說去找寶藏那件事？」虞因有點疑惑。

「不是，你有從老大那邊聽過小東仔以前的案子嗎？」

「有聽過大概，不過我二爸口風很緊，好像也不太想讓我們知道太多，加上我是比較希望東風可以自己說。」虞因大致上知道些對方以前在校時發生過什麼案子，後來有陣子過得很混亂，現在在個性上對外界事物這麼緊張應該也都是那時候造成的吧。

「喔，如果是這樣，那還是等他自己開口比較好。」嚴司當然知道虞夏爲什麼不讓他們聽太多，既然對方都這樣說了，他就不方便多講，「不過他既然跑回去……被圍毆的同學，這陣子可以的話，你和小聿能多注意一下小東仔那邊的狀況吧，儘可能多去騷擾他。」

「……到底是？」虞因聽得出來嚴司罕見地是在擔心人，不由得皺起眉。

「他以前在學校經歷過一些霸凌之類的事情，因爲跳級，你懂的，總是會有些學生不爽，而那件案子就是發生在當時。我和我前室友正在查這些，沒想到他自己就去晃蕩了。」而且那小子回來還表現得好像沒事人一樣，平日對自己的冷言冷語也沒什麼變化，所以才沒發現。這讓嚴司總覺得不太好。

「我明白了，我和小聿會多注意。」畢展也熬過了，現在基本上都是回學校整理剩下的物品。虞因點點頭，完全知道嚴司的考量，「寶藏的話，這陣子我會抽時間跟。」

「唉唉，眞想發你好人卡啊。」嚴司眞誠地說道：「人眞好，好得我都想哭了，連發十二張湊成一打都不足以表達我的內心。」

「……」虞因覺得剛剛凝重的氣氛瞬間完全消失，而且還多出一種想要把對方掐下去的衝動，「你留著慢慢用吧。」

「好卡當然就是要送給好人嘛。」

決定不要去爭這件事情，長久的教訓告訴虞因，他還是乖乖當好人好了。

「唉，你們最近越來越像我前室友了。」嚴司開始感嘆，「還是玖深小弟好。」活蹦亂跳又會驚嚇尖叫的孩子多好啊，完全可以感受到年輕的生龍活虎。

「玖深哥聽到應該不會開心吧。」這完全就是被當玩具啊！虞因眞的開始覺得被嚴司盯上的人很可憐了，「算了，我去泡個喝的，嚴大哥你要嗎？」

「好啊。」

順利從客廳脫身後，虞因邊整理思緒，邊思考著要怎樣幫忙寶藏那件事情，猛一抬頭，赫然發現自家走廊不知道什麼時候燈全熄了。

深暗的一整片烏黑。

不會是剛剛叫「它」溫和點，就眞的來了吧……

看著伸手不見五指的走廊，虞因還眞有點想嘆氣，「所以您……」話還沒說完，一絲絲紅色細小光芒猛地在黑暗中亮起，交錯相疊地蓋上他視線所及，讓他眼睛莫名有點微熱燒灼感。那些光看起來稍微有些距離，已經超過他家走廊的長度了。

試探性地向前走了兩步，在發現距離感沒變後，虞因停下腳步。

寂靜中，紅光緩緩下降，貼到地面上，開始往他的方向伸延而來。

直到光延長到他腳邊時，變成許多指引般的紅色線條，像是蛇，靜靜地轉動扭曲著，擦過他的腳邊，向後繼續伸展。

淡淡的咳嗽聲從黑暗中傳來。

完全不明白對方想要表達的意思，虞因只能繼續等待。

直到，他發現腳邊不知何時出現血泊，跟隨紅線而來的血液無聲地包圍住他，融去並取代了那些光與線，靜靜地停滯在那裡。黑暗中發出咿啞聲響，微弱的光從開啓的門板中傳來。無法看清楚所有物事，但足以讓他看見在門後，出現的是張椅子；椅子的模樣看不清楚，大量的黑色物體遮住了椅背，唯一看見的是張詭異蒼白的面孔。

大約過了數秒，他才意識到那張臉是倒過來掛在椅背上的，模糊的面孔上，五官全是黑色深孔，濃黑得像是無法見底的黑洞，鑲嵌在死白的臉上，給人說不出的極度噁心反感。

似乎就是要確認他完整地看見這幕，畫面凝結持續了很久，而虞因也完全無法動彈，只能站在那邊看著，直到黑暗中的門板再度緩緩關上。

四周突然亮起，所有一切都消失了。

「被圍毆的同學，你怎麼了？」

聽見走廊發出怪異聲響，嚴司探出頭，正好看見說要去泡飲料的某人無怨無悔地把臉撞在盡頭牆壁上，然後蹲下來摀臉，看起來好像眞有點痛，「不知道要喝什麼也不用撞牆啊，白開水大家還是可以接受的。」

沒時間和路人耍嘴皮子，虞因一回過神，只覺得強烈的噁心從喉嚨衝上來，接著他就衝向廁所，踢上門直接爆漿了。

「欸，不會撞到腦震盪吧。」嚴司發現不太對勁，走到門口等待。

原本在房間裡的聿和東風似乎也聽見樓下騷動，很快地雙雙出現在樓梯口。

幾個人就這樣在廁所外等了好半晌，才聽見裡面的沖水聲。廁所門一開，虞因看見外頭被一群人堵住，顯然也愣了下。

「食物中毒？大哥哥有祕方幫你治。」嚴司很眞誠地表示友善。

「中你的頭。」差點沒吐個半死，虞因覺得自己好險沒把胃一起噴出來，但是晚餐和點心全都送馬桶了。

「中我的頭就難治了～」嚴司聳聳肩。

「……」

聿端來茶水，有點擔心地看著虞因。

「沒事。」說也奇怪，大吐特吐完，那種詭異的噁心感也幾乎在瞬間消失，虞因現在沒什麼感覺，反而還有點神清氣爽。

最近的阿飄還負責清胃嗎……

看對方沒什麼其他狀況，東風就直接轉頭回房間。

連忙向其他人保證的確沒事了，虞因收到兩記不太信任的眼神，不過聿倒也沒多問，就跟著回樓上了。

稍作休息再聊個幾句，虞因與嚴司把客廳收拾了下，自己也先上樓休息。

經過房間時，看見先跑進去的東風還在使用電腦，黑色的桌面跑滿一大堆他看不懂的程式語言，聿就趴在床上用平板看日記。

這狀況讓他想起上次去民宿，好像也是這樣偷人家的密碼看日記……最近怎麼都在做這種事啊……

「解碼要這麼大工程嗎？」

虞因踏進去時，聿和東風不約而同地抬頭看了他一眼，又各自轉回螢幕上。

「舒星玲的？已經解好了，那種文件密碼很容易打開。」東風把手邊的隨身碟往後丟，趴在床上的聿也很順手地接住，接上平板繼續看。

「……那請問閣下現在正在對我的電腦？」

「在攻擊學校主機。」聿低聲說道。

「……」

虞因轉過身，過了幾秒才理解聿的意思，花了點時間感受胃痛，接著轉回來，「請問這樣我會被警察抓嗎？」ＩＰ位址是他家啊喂！爲什麼不打個招呼就去駭別人啊！

「沒事，我只是查一下七年前學校裡的記錄，那時候的校長已經不在這裡任職了，但是應該會留下點資料。」東風確認自己夠小心，應該不至於會有什麼問題。而且顯然學校的系統還是和他記憶裡的差不多，並沒有太大的改變，所以很快就能上手。

「找寶藏要這麼大手筆嗎？」虞因盡量安慰自己應該不會有事情，但還是有點心驚膽跳，默默有些後悔剛剛叫對方電腦隨便用了。

而且，最近幾次下來，和東風越熟，就越發現他每次採取的手段不一定都合乎法理，反而是遊走在危險邊緣，甚至若眞的追究起來，犯法的事居多。雖然虞因自己也不敢說沒做過，以前爲了一些案件他當然也收到不少警告，但沒有眼前這人越界越得如此嚴重。

東風沒回答他。

「如果可以，盡量別再這樣好嗎？」總覺得對方有時候根本是刻意的，虞因就有點不好的預感。

「少管我。」

「還眞的不想管太多，可惜我這人吃飽撐著，也沒別的事做。」反正也不是第一次被冷眼冷語攻擊，虞因很乾脆也不客氣地給他瞪，順便就在旁邊整理起學校要用的資料。

東風低頭沉默了半晌，只好繼續手邊的工作。

「……你們合約後續發展如何？」

聽到對方有點無奈地主動打破沉默，虞因奸詐地偷笑，然後才轉過來，「還不錯啊，感謝你之前的幫忙，簽約金快下來了，滿優渥的，後續也會有抽成。等錢下來請你們去吃大餐！」雖然金額是小組幾個人瓜分，不過也不少，讓他覺得就算東風或聿眞的給他開口要去茹絲葵，也是ＯＫ的！

「那就好。」並不在意請客什麼的，東風再度把注意力轉回螢幕。

「舒星玲的事情有什麼問題嗎？」虞因拉過椅子在旁邊坐下，有點疑惑爲什麼要這麼麻煩。

「還在看。」趴在床上的聿丟出三個字。

「對了，寄那張明信片的人呢？」按照慣例和流程，虞因覺得會特別寫在那張明信片上，估計也有各種問題，好像也得找找看寄件人。

「是網友，姊姊的日記有提到在網路聊天室交友，她似乎有和人交換地址互寄卡片的習慣，不過妹妹找了倉庫，只有這張留下來，夾在日記本裡。」差不多把自己想知道的資料下載好後，東風退出系統，「舒星瑪前不久去過這個地址，但已經是空屋，七年間的變化的確不小。」

「嘖嘖。」

說到網友，虞因倒是想起來之前案子的事情，後來他曾再登入過幾次魏啓信的Pancho帳號，但並沒有再遇到「那個人」，也沒有留言，就不知道……

「既然大家都這麼有興趣，不如趁著夜色美好，出去逛逛？」

打斷室內瞬間沉靜的，是門口傳來的聲音。

跟著看過去，幾個人就看見嚴司笑笑地站在門口，手上還拋著車鑰匙，「要不，出發去找那個房子嘛~順便帶你們去吃宵夜，楊德丞說要做好吃的喔，已經在準備了，小東仔你應該不會讓他失望吧？」

「……你們半夜吃撐了一個個都開始發神經嗎？」東風冷冷地瞇起眼睛瞪人。

「當然有布丁果凍奶酪喔～」嚴司繼續拋著鑰匙，「大廚親自動手，品質保證。」

「要去。」聿抱著平板立刻從床上翻起身。

「喂喂喂……」虞因有點黑線地看著開始整理背包的聿，不知道現在到底是要演哪齣，環顧著幾個莫名其妙的人，東風嘖了聲。

「算了，不然就去看看吧？既然東風也對小海這個事情有興趣，如何？」

眞是煩死人了。

□

「他們全部出門了。」

掛斷通話，虞夏收起手機，轉向旁邊的黎子泓，「阿司在庭院制伏的少女已經順利讓我們的人帶走；另外他家那邊被房東保全抓到的少年也轉交過來了。我們同時徹查黎檢你和其他相關人員的住所、周圍，不過很可能得到消息先逃了，目前應該暫時安全。」

「嗯。」黎子泓點點頭，想了想，開口：「你們自己也小心點。」現在很顯然眞的是衝著來給他們警告的，否則就不會只來一個，唯一的意外應該是不知爲何東風家這名會死亡。

「該小心的是那些人吧。」看著躺在台子上的屍體，虞夏冷哼了聲。

如嚴司先前所說，屍體是死後落地，也就是說她在衝破玻璃之前就已經死亡了，這點在初步檢驗後已確認。

也就是代表，這名原本伏擊在東風家的組織少女很可能遇到意外事故，或許是和同伴起了內鬨，爲了掩飾死亡才被丟出去。

「那麼屋裡第二人怎麼消失的呢……」黎子泓和虞夏有相同的疑惑，看著傷痕累累的少女屍體思考著。

「阿因他們聽見的尖叫聲是女的，第二人應該也是女……」

「老大！你們應該沒有在說不科學的事吧？」一踏進門就聽見某個很可怕的名字，玖深頓了下，不知道該不該退出去。

「滾進來。」虞夏給對方三個字，瞪著門邊夾著尾巴乖乖縮進來的人，「正在說第二嫌犯的問題。」

「啊，說到這個，雖然才剛收到蒐集回來的東西，不過我和阿柳稍微先檢視過窗戶的部分，現在要來核對一下屍體，看看是不是符合。」玖深左右張望了下，沒看見先聯絡過的人，「唔……去忙了嗎，阿司都會等的說。」

「梧桐他們剛剛臨時有事，離開時有交付要給你的資料。」將手邊的檔案夾交給玖深，黎子泓說道：「要核對的是……？」

「喔，我們檢查了窗框，發現第一扇的左邊與第二扇的右邊分別夾上了髮絲與疑似褲子的纖維；另外就是鋁窗上並沒有被重物撞出時的凹痕，反而有掉落時的撞擊變形與屍體壓到部分的痕跡。前面那點說明撞窗戶時，這位小姐是橫撞出去的，後面那點表示，有人先把窗戶拿下來再輕輕地放上去，以便窗戶可以確實和屍體一起掉落。」就是來確認屍體上是不是有相符合的傷痕，玖深也把自己帶來的資料交給另外兩人，「她很可能是被抛出去。」

「為什麼要大費周章這樣做……？」越來越覺得這事情有點怪異，虞夏和黎子泓對看了一眼，各自思考起不合理之處。

總之，唯一可以確定的是，事情和那個組織脫離不了干係，這就好過漫無頭緒地尋找，起碼有個目標。

「對了，既然黎檢也還在這邊，你上次託給我的那份資料正好可以一起給你。」這陣子抽出不少私人時間埋頭在這上面，玖深說道：「最後一件的結果應該馬上就出來了，等等拿……」

「噓。」讓玖深噤聲，似乎聽見什麼聲響的虞夏偏過頭，正好捕捉到門口處一閃而逝的人影。

同樣看見影子，玖深直接把黎子泓護在身後，慢慢後退到有遮蔽物的地方。

靜靜移動到門邊，虞夏盯著寂靜無聲的空氣。

持槍的影子再度出現時，他幾乎同時出手抓住對方的槍枝，手指抵住扳機不讓對方擊發，空出來的右手朝來人臉上賞一拳，當場把入侵者給揍倒在地。

「懶得問你怎麼潛進來的，你們這組織可不可以不要這麼無所不在。」虞夏扔開解體完畢的槍枝和零件，走出門邊，居高臨下地盯著摀著鼻子、在地上打滾甩出一地鼻血的男子。

正要把人拽起來時，身邊再度傳出細響。

轉過頭，看見另一名陌生男子持槍對著他，保險也已打開。

「不准動！」

跟著衝出來的玖深連忙用剛剛撿回來重組的槍對著第二名入侵者，然後環顧四周，確定沒有第三個人。

男子看了眼玖深，轉回看著虞夏，冷笑一聲：「你們先放下槍。」

「喔，不用啊，我們是三個人。」玖深嘿嘿地笑了兩聲，看見黎子泓從旁邊走出來，怡然自得地先把地上的人給綁起來，「三對二，快投降，我這是為你好，快投降！」不投降通常會很悲劇的。

「哼，人質在我手上——」

話還沒說完，男子突然眼前一黑，強烈的劇痛直接在臉上炸開來。

「……就說了是為你好。」玖深有點哀傷地看著被一拳揍倒在地的入侵者，完全不把威脅放在眼裡的虞夏還補上一腳。大概是有打算要馬上逼供，所以這次難得地沒將人揍成豬頭，好歹留了個全屍。

「你哪來有人質的錯覺。」從頭到尾都不覺得自己是人質，虞夏非常鄙視地看著第二個摀臉打滾的傢伙，「白痴。」

□

深夜，寂靜的巷內轉進了車輛。

「沒想到還眞有點遠。」對照著手上抄過來的地址，嚴司放慢車速，打量四周有點老舊的房舍。

他們花了些時間到達有些距離的隔壁縣市，最後被指引到的地方是有些偏僻的老社區，附近還不少田地農舍，即使開了車燈還是讓人感覺相當黑暗。附近幾戶住戶早早熄燈休息了，一路上沒有任何人影，更顯得他們一輛車在這裡晃蕩相當怪異。

「不就是你開錯幾次路，才會變這麼遠嗎。」坐在後座的東風摺起手上的地圖，冷哼。

「嚴大哥，你明明有開導航怎麼還會開錯路啊……」也不過就是中途稍微瞇了一下，虞因一醒來就聽見旁邊和後面的人在吵路不對，而聿根本已經窩在另一側睡著了。

「這就是人生啊，而且我叫小東仔幫我看個位置，他竟然說他不喜歡看螢幕，逼我找地方買地圖還多繞一圈。」把順便買的零食遞給隔壁的虞因，嚴司也加減抱個怨，「不過看來應該就是這邊沒錯了。」

虞因降下車窗，看著黑暗的田野道路，車輛停在一棟老舊的透天厝前，旁邊的地看來已經荒廢，還被扔了不少垃圾。

「啊，大哥他們有跟來啊。」往後看正好看見兩部車的燈光在不遠處亮著，虞因突然對警方人員有點抱歉。

「喔，我有順便買咖啡慰勞慰勞他們。」

大半夜的，路上完全沒有人車，嚴司也就乾脆不客氣地把車停在房子前，反正這裡看起來很久沒人住了，不用擔心被趕。

可能是有事先交代過，虞因等人也下車時，後面的兩部車並沒有人來阻止他們，反而就在原地等待。

甫下車的聿揉著眼睛、打了個哈欠，然後仔細端詳著。

這是一幢三層樓的透天厝，外表貼磚與油漆已污黑不堪，看不出原本的顏色；庭院裡的雜草也都生得老高，隱約好像還有什麼蟲蛇在其中爬動，被大亮的車燈一照，起了不小的竄逃騷動。

同樣已蒙上一層髒灰的窗戶有些已經破損，裝鑲在外的鐵窗鏽得相當嚴重，還有一些原本沾在上面的廣告紙經過風吹雨打，殘損部分死黏在上頭。

「總而言之，果然一眼就知道是廢棄沒人住的地方啊。」嚴司嘖嘖地看著老屋子，掉落一旁的信箱裡還插著一大堆廣告和信件，隨手一抽，都不知道是幾年前的東西了。「那個舒小妹還眞敢自己一個搭車到這種地方找人，這屋子的所在地和感覺，一副就是很好分屍、藏屍的地方啊。」

「你想死就選在這裡也好。」東風冷瞥了渾蛋一眼，輕易打開早已沒作用的小鐵門，鐵門刷到雜草時就被擋下了，正好能讓一人通行。

「我倒是希望是個風景美氣氛佳的地方，在這裡也太慘了點。」嚴司看著很悲情的廢屋，覺得可以挑的話，還是優美點的好，「像是山上啊、海邊之類的，明天天氣不錯的話，好像去燈塔之類的地方也挺好的～」

「有人一年到頭都在換死亡地點的嗎！」東風回過頭。

「可以選的話當然是要視當下的心情選擇啊，好歹也是人生最後一程。」嚴司很愉快地跟進去，「不是這樣嗎。」

「嚴大哥，別這麼愉快討論好嗎……」何況講的另一個人看上去根本完全不愉快、還很火大啊。虞因眞的覺得自己有點眼神死。

嚴司聳聳肩，倒是先停止了話題。

東風煩躁地揮開擋路的雜草，好不容易才走上布滿沙石灰土的台階，然後才想到爲什麼自己要走在前面幫後面那三個傢伙開路！

「門鎖著。」虞因繞出來，試探性地開了開門，果然是鎖著的。「看來就這樣子了。」雖然是空屋，但這樣闖進去好像也不太對，更別說外面還有警方人員在。

「反正確定是廢屋了。是說住這裡的人好像也不叫明信片那個名字。」嚴司看著手上隨意抽來的信件，他已經盡量抽比較完整沒破損的了，幸好名字還可以認得出來，另外幾封郵件的收件人也都是同一個名字，應該就是原本屋主。

和明信片上印的「湯紀嵩」不同，這邊的信件收件人寫著「曾建哲」。

「可能是假名。」接過已經過期很久的繳費信件，東風看著上面的日期，也有好幾年了。

見他們拿著信件踏下台階，虞因正要一起回去時，突然發現不知什麼時候開始，四周變得極其安靜。

原本雜草裡的蟲叫聲已經完全消失了。

「好靜。」同樣注意到異樣的聿停下腳步，看著明明還在草間跳動的小蟲。

「大概是我們太吵……」

嚴司的話還沒說完，原本寂靜的廢屋裡突然傳來巨大的拖移聲，像是有人用力推拉著鐵櫃或鐵桌一類的家具，不自然的聲響撕破深夜寧靜。

虞因猛一轉頭，看見一張白色面孔倏地消失在窗戶破洞下。

「這是裡面還有住人還是第三類接觸啊。」嚴司也聽見了聲音，抓抓頭，有種今天晚上可能要放別人鴿子的感覺。

「開看看。」直接調頭回到門前，東風和聿互看了一眼。

從背包裡抽出手電筒，聿照亮了生鏽的門鎖，「不難開。」

「唉，大哥哥的預感沒錯，你們再這樣下去遲早有一天會變成特攻小組。」站在後面的嚴司環著手，看著現在已經可以輕鬆開鎖的三人組，深深覺得未來應該會很不得了。

「不幫忙就滾。」東風白了不工作的人一眼。

「有需要就叫一聲啊～」嚴司聳聳肩。

「欸，你們也開太快。」虞因看著三兩下就被打開的門鎖，開始覺得自己搞不好眞的要深切地反省，竟然讓小的養成這種隨時隨地入侵的壞習慣。

陳舊門扉打開時，撲面而來的是極重的腐臭與霉味。

黑暗的室內深沉無聲。

嚴司看看外頭大亮直射的車燈，再看看一點光都沒有的空間，吹了記口哨。

聿搖搖手電筒，重新調整光源，總算照亮屋裡。

踏進門時迎接他們的是相當普通的客廳，沙發、桌櫃、茶几一樣不缺，牆上還有大電視。與地板一樣，所有物件都蓋上一層灰塵，家具大多發霉了，地板上還有些老鼠蟑螂的屍骸，從窗戶破洞吹進來的垃圾、雜草樹葉也不少。

「果然還是沒人住。」

嚴司稍微打量了客廳，可以判斷原本住在這裡的人應該還算優渥，家具品質都算中上，不過若是搬家，怎麼會沒搬走這些東西？

東風咳了兩聲，因爲屋裡味道太重，他選擇退出站在門口。

聿和虞因摀著鼻子，一起走過客廳，後面的隔間是廚房與洗手間，旁邊還有個小房間，看起來是孝親房，裡面僅放了張簡單的床鋪。

「很普通啊。」翻開廚房裡的小儲物室，嚴司沒看見什麼，裡面只有一、兩件鍋具。退出廚房時，他看見虞因打開樓梯間的小門，就這樣站在通往二樓的樓梯前，表情突然變得吃驚，「被圍毆的同學，你看見啥？」

「……」

虞因當下沒有馬上回答身邊傳來的問句。

打開樓梯間木門的那瞬間，他其實並沒有意識到裡面有「東西」，是在正要踩上去那瞬間，猛然看見底下趴著人體般的濃黑影子。

尚未反應過來，那道黑影就像被什麼巨大的力量拖動，逆向往上，急速消失在二樓的黑暗之中。

深沉濃重的黑暗裡，傳來細微的呼呼風聲。

3

「怎麼了。」

東風注意到屋裡的異狀，邊咳邊走進詢問。

「我們的大師好像找到來自靈界的訊息了。」嚴司接過聿的手電筒，向二樓方向探照，但怎樣照都是黑，極度的黑，好像手電筒根本沒功用。

「要上去看看嗎？」東風也看不出個所以然，詢問著唯一能看見的傢伙。

「這個……我也不知道剛剛那是什麼東西。」大致描述了下方才出現的物體，但虞因無法確認來者的用意，只能知道這裡的確有東西。

都還沒決定要不要上去，一邊的聿突然拿過手電筒，毫無猶豫地直接往樓梯上踏。

看樣子還是得上去吧。虞因立刻跟著，然後越過聿的身邊走在前方。

「真是驚險刺激啊。」看著勇者二人組，嚴司覺得很有趣，「我們也上……你沒事吧？」看後頭的東風還在咳，好像非常不適應屋內的空氣，明明剛剛那些味道已淡了不少。

東風冷瞪了死對頭一眼，繞過對方，直接跟上先一步到達二樓的兩人。

踏上二樓後，四周變得更爲黑暗。

站在樓梯口的聿重新調整了幾次手電筒，輸出最大光源，但依舊暗得看不太清楚四周，僅能照亮幾步遠的擺設。

「我請外面的人幫我們弄幾支手電筒進來。」嚴司和等待的員警們通過電話，這樣說。

「你還眞敢討。」他們其實算是非法入侵，東風白了眼竟然還光明正大叫人來幫忙的傢伙。

「也是要稍微和他們解釋一下狀況，不然萬一屋子被拆了怎麼辦，要死也要先給別人心理準備啊。」其實他們在開鎖時嚴司就瞄到好幾通來電了，那些保護他們的員警完全搞不清楚他們在搞什麼，不過幸好大家都對虞因那些無法解釋的事情有點經驗，說句來自異世界的啓示，就心照不宣了。

有時候，嚴司覺得當虞夏的同事也是千百種不容易。

在等待的短暫時間，四個人就一起稍微將二樓給繞一圈。

與一樓不同的是，二樓全都鋪上白木地板，有些部分明顯布滿黴斑，有些黑得看不出原來的雪白，不過基本上可以確定這些木料都還不錯，當時肯定花了一筆費用。

接著看到的是擺設在小廳裡的花桌、精緻的椅子，看起來很美、但已蒙灰的各種花器、茶器、裝飾櫃……等等，還有相襯的各種藝術小物。

「看起來應該是女性喜歡的裝潢。」東風接過手電筒，環顧了小廳，甚至還看見一些粉色的壁紙與裝飾地毯，顯示屋主相當用心設計這裡的空間，與一樓的機能性截然不同，在這裡很容易讓人放低戒心。

「房間也是，這二樓布置得還真像民宿啊。」虞因看了眼二樓的另外兩個房間。

雖然因年久失修而老壞了不少，但仍看得出這棟房子先前完好的內部設計。

回到樓梯口時，正好接到員警拿上來的幾支手電筒，對方還特別囑咐他們沒事快點離開，畢竟跨縣市已經不是他們的區域了，這樣做不太好。

打發員警回去車上後，嚴司就把手電筒分遞給其他人。

打開後能照亮的區域還是有限，但比剛才好很多，起碼能見區跟著擴大了。

總算不用四個人黏在一起，虞因等人各自打探剩下的空間。

記得剛剛看到的黑影的確是被拖上來的，仔細照著白色地板走一圈後，虞因沒看到其他怪異處，就是黑色污漬多了點，看起來很像曾經有什麼東西在上頭打翻、被人匆匆拖了一圈，但沒弄乾淨，留下了這片難看的斑駁痕跡。

循著污痕往前走，他再度走到一扇小木門前，就像一樓一樣，應該也是隔開樓梯的門。

手電筒照亮了門把，上面還插著支鑰匙，鑰匙與鎖孔也沾黏了一些那種污漬，試圖拔了兩下完全無法抽出，鑰匙早與鎖孔黏合得死緊。

輕輕地轉動鑰匙，聽見門後傳來解鎖的聲響，在黑暗中特別清晰。

猛一推開門，還沒來得及照亮門後的物事，虞因再度看見黑影唰地一下，瞬間被拖往三樓。

「我上去看看。」

門後一樣是黑暗的樓梯間，根本看不見盡頭通往何處，空氣中瀰漫著淡淡的腐臭味，還有種似有若無的低低聲響，像是有人不斷重複唸著什麼。

虞因一腳踏上階梯，正好看見較靠近的聿走了過來，看來是要一起上去，手電筒的燈光晃了晃，照到自己腳邊。

下意識跟著看往燈圈那瞬間，只看到腳邊有團黑色影子。

虞因還沒理解是什麼狀況，突然就往後一仰，重重撞了下木門，耳邊傳來巨大的噪音，還有自己頭部強烈的劇痛，被某種東西抓住的右腳突然一股強扯拉力，直接將他硬拖往階梯上。

混亂間根本不曉得發生了什麼事，總之聿好像撲了過來，手電筒還不偏不倚K在他額頭上，痛得要命，接著是嚴司不知道在鬼叫什麼也冒出來，最後貌似東風也湊上來，一堆手抓住他的身體、手腳，往反方向拉回。

這時僵持只有短暫幾秒，瞬間，腳邊的力量突然消失了。

然後所有人摔成一團。

「哇塞！這也太刺激了一點。」

跌坐在地的嚴司甩著劇痛的右手，剛剛扯人時，因為不知道什麼玩意的力量鬆掉，結果害他們毫無預警地全摔倒了，完全就是一個拔蘿蔔的例子。還真有點重的虞因直接撞在他的手上，那瞬間眞覺得手差點被撞斷，「那啥？」

「誰知道。」甩甩頭，整個人也摔得七葷八素的虞因按著腦袋，先前撞到門的劇痛還持續著，過了好半晌才回魂。就靠在他旁邊的聿撿起滾落地上的手電筒，幸好都沒有受損，依舊維持著照明。

「學弟你沒事吧？」望向坐在門邊摀著頭側的東風，嚴司靠過去，才發現對方的手邊還掉了不少頭髮。

「誰是你學弟！」東風反射性回罵，放下手，打開手掌，上面有一些血絲與一大撮被硬扯掉的頭髮——剛剛混亂中他好像也被什麼東西拉了下，頭皮現在痛得不得了。

虞因撐著身體坐起，拉開褲管，一點也不意外地看見自己右腳上出現了成人手掌大小的黑色手印，「小聿你沒受傷吧？」

坐在旁邊的聿搖搖頭，然後拿起側背包，讓眾人看見包上被扯壞變形的拉鍊。

「……嚴大哥？」虞因轉向根本活蹦亂跳的傢伙。

「沒耶，完全沒事～」除了人為撞的那下，嚴司一點問題都沒有，「大概是我人太好，所以跳過去了。」

看著真的沒有抓扯痕跡的傢伙，虞因很想吐他口水。

聿拿著手電筒，靠過去檢查東風的傷勢，發現右側的傷還不輕，摸上去可以摸出頭皮還在冒血，就先拿出手帕幫對方壓著止血。

「學弟，我真的建議你要剪剪頭髮，你看看，世間鬼片都已經教導過大家，飄兄最喜歡就是拉著別人的頭髮到處跑，現在親身體驗之後有沒有覺得前輩的話真的要聽？」嚴司很誠懇地提出意見。

接過虞因撿回來的手電筒，東風抄起來直接往某法醫臉上捶下去。

直接被命中臉部的嚴司沒想到對方居然毫無猶豫地揍他，沒閃避開，當場只能摀著臉去旁邊忍痛。

很無言地看著這些人，剛剛差點被拖走的事主虞因，現在只覺得心情有點複雜，照理說，他經歷過剛才的事情，應該要很驚恐、很害怕什麼的，但完全沒那種感覺了，就剩下一大堆的無奈。

東風止血後，他們才重新把重點放在階梯上。

歷經拖人的騷動，不管是誰都特別小心，沒有再貿然踏上通往第三層的樓梯。

「要不我打個電話給外面那幾位仁兄，聽說警察煞氣比較重嘛，讓他們來走第一個好了。」站在這裡看總不是個辦法，嚴司盯著無法照出盡頭的通道，給了比較實際的建議。

「……嚴大哥，人家好歹也是人生父母養的。」這樣叫別人衝第一犧牲對嗎？

「那好吧，我們只好在這有限的時間裡，勇敢地踏上去吧。」嚴司聳聳肩，基於目前他是唯一的年長者，也只好自己踏出突破的第一步。

既然有人首當其衝去送死……首當其衝地跑上去，虞因三人互看了看，便跟著往上走。

不過才走了幾階，已經快到樓梯口的嚴司突然停下腳步，「等等，你們先留在那裡不要亂動，我上去看一下。」注意到地面上出現不自然的幾個點狀深色痕跡，他轉過頭說道。

還沒回應對方，就在嚴司講完的同時，二樓的木門在所有人後方突然砰地一聲甩上，完全關死，站在最後面的聿退下階梯，轉動了幾次門把，卻無法打開關得死緊的樓梯門。

「你們還是先不要動吧。」嚴司聳聳肩，踏上最後一階，來到三樓。

與一樓的生活機能性、二樓想拐人的裝潢不同，三樓一片空曠，就是一個打通的大空間，兩、三張桌子與電腦、主機，地板上有些枕頭棉被，側邊有通往浴室的門扉，其他就什麼也沒有了。

稍微看了看那些物件，嚴司轉向浴室，然後打開門，裡面是偌大的空間，以及降板浴缸與其他豪華衛浴設備。

果然如他所想的啊……

晃回樓梯前，他看著下面三隻小的，「現在可以下去了嗎？」

「比起那個，嚴大哥……」

站在前面的虞因看著對方竟然還有心情拿手電筒從下方照臉扮鬼臉，他就很難開口說出自己看到的——你身後站了一排黑色的不明影子啊啊啊！

「欸～被推下去的話，你們三個應該會接住吧。」看虞因的表情，嚴司大概可以猜到個七七八八，不過下面有三個肉墊，好像也還好。

「不不，絕對不會接。」虞因覺得讓這種人摔個幾次看看比較好。

後面的東風與聿有志一同地左右讓開身體。

「喂喂，你們這些無情的傢伙。」嚴司嘖嘖了兩聲，一邊踏下樓梯，一邊拿出手機，先發訊息出去。

後面那些黑影，並沒有推人一把的動作，虞因就看著它們慢慢地消失在黑暗之中，似乎沒有什麼要加害他們的惡意，且在嚴司踏下來同時，二樓的門也發出細微的聲響，就這樣打開了。

所以，只是要他們發現……嗎？

□

「我請這個轄區認識的天亮來一趟。」

順利離開廢屋，所有人上車後，嚴司這樣告訴眾人，「希望不是我想太多才好，不過那個浴室裡的浴缸很可能曾有過大量血液。」

打開浴室門時，手電筒照出來的是漆黑的浴缸，並不是廢棄多年因老舊所造成的，而是曾有過什麼濃深的液體附在上面，當時並未好好處理，而殘留到今日。

從車窗看出去，虞因看見被車燈照著的廢屋。黑暗的窗戶後，仍站著幾條纖細的身影，破損的窗戶破洞處，看見了一小片染污的紅色條紋服裝衣料。

然後，那些再度消失。

「先這樣，回去吧。」

今晚可以做的差不多也就如此了，嚴司發動車輛，緩緩退出了鄉村道路。

車輛返回台中時，中途還停下來在超商買了食鹽水好讓聿可以幫東風沖洗傷口，再簡單上藥之類的。

一路到達楊德丞的餐廳時，已是天快亮的清晨時間。

等了整晚的楊德丞看到人倒也沒多說什麼，只是打開門讓所有人進來休息，順便也招呼跟了一晚上到處亂跑的幾名員警。

「樓上辦公室有浴室和休息房間可以使用，或是你們分批用員工休息室，我上面還有一些乾淨的備用衣服。」

將沖泡好的熱飲端到吧台前，楊德丞順便拿出藥箱交給聿，「輪流去吧，吃點東西再去睡一覺。」看著包括員警在內的幾個人一臉疲憊樣，不用問太多，也知道這群人很累了……幸好今天是餐廳公休日。

「謝啦。」嚴司朝友人比了記拇指。

「那我們先去沖個水。」虞因和已經開始咬布丁的聿打了個招呼，拎起趴在桌上睡覺的東風，連拖帶拉地把人往樓上扯，先洗乾淨才方便換藥包紮，誰知道那座廢屋裡有多髒，雖然路上做了緊急處理，但還是要徹底洗洗消毒比較好。

揮揮手目送兩人離開，聿咬著湯匙，掏出放在背包裡的破損信件。

「你帶回來了啊。」嚴司靠過去看，信件上的確是寫著「曾建哲」，並沒有看錯。

聿點點頭，取出平板，調出了明信片的圖像，然後將上面的字跡放大，和手邊的信件做比對——其中一封正好是被退回要補填詳細的申請資料，有「曾建哲」的親筆。

「看來字跡很像呢。」在吧台另一邊的楊德丞好奇地觀看，即使是他，也稍微可以看得出來這兩件物品上的男性筆跡很相似，一些點撇方式都差不多，挺像同一人寫的。

「的確，網友用假名也不意外。」不過用假名何必給她眞地址呢？嚴司在心中思考著。

「是啊，我最近玩遊戲也是給假名，誰知道網路上會遇到什麼。」楊德丞轉過身，關小正在沸騰的湯水，放下準備好的食材，慢慢攪拌著，很快就飄出了香氣。

「你還有時間玩遊戲啊。」嚴司盯著據說很忙碌的友人。

「偶爾啦，調劑點身心，也順便接觸一下網路世界，看看不同族群，有時候還能幫助開發菜單。」在端盤放上幾只碗，楊德丞分裝熱湯，邊說著：「前不久，我還幫朋友設計一系列專賣夜貓族的易消化宵夜，裡面還特地佐放了讓他們放鬆、好睡點的食材，聽說賣得不錯，還不少部落客介紹呢。超多熬夜的都喜歡吃泡麵、餅乾，吃久眞的很不好。」

「喔～那你也應該照顧一下我們附近的餐廳嘛，很多都超難吃的。」嚴司接過端盤，正要起身拿去給別桌的員警時，對方已經自己邊道謝邊過來接手端走。

「他們又沒請我去幫忙。」楊德丞聳聳肩，「而且你難吃的定義應該不是口味吧。」對這個友人來說，所謂難吃，是很難找到他能吃的。

「遊戲呢？」拿走第二顆布丁的聿突然開口。

沒想到聿對這話題有興趣，楊德丞有點訝異，不過還是繼續說道：「玩一陣子後，有些比較熱情的玩家就會想交換聯絡方式、或是社群什麼的，我有建立一個假名讓他們加入，但是到目前爲止，還沒有特別想要見面的。」就是偶爾聊聊天，但生活圈不同，就不會深交。

「沒有把到妹嗎？」嚴司有點鄙視地看著友人。

「該怎麼說呢……有幾次不知不覺和玩家討論起食譜，小朋友們不會做菜的還眞多啊，連個蒸蛋都搞不清楚作法，花了點時間教他們；好像就這樣被當成女玩家，說幾次是男的還是不信，就隨便了。」其實楊德丞本身無所謂，也不想澄清什麼，反正不影響他生活、工作就好，而且也可以體驗一下現實裡不會遇到的有趣對話，「倒是有被約過幾次砲，現在的小孩還眞是開放啊，連長相都不知道就想開房間。」對此他當然是一笑置之。

「……你不錯。」眞是賢妻良母型，連網路上的人都如此了解。嚴司深深地感嘆。

「說起來，我倒是懷疑眞的有小朋友被約出去過。」雖然不關自己的事，但楊德丞還是覺得有點世風日下。「不過網路世界，誰知道眞假，也許就是隨便說說、假裝炫耀吧。」

「這年頭就是這樣啊，不是已經發生過很多網友性侵、騙財騙色之類的案子嗎，因此逃家的也不在少數喔。」這麼一提，嚴司也想起自己手邊經手過的案子，「先前我在其他地方負責過一起，對方是割腕自殺的少女，結果發現已經懷有兩個月身孕了。後來追查下去才知道，這小女孩原本是逃家投靠網友，結果和網友同居一個月後被拋棄，不敢、也拉不下臉回家，就四處援交過生活，搞到一身病，受不了就割腕了，鄰居聞到屍臭才報警。」

通知家屬來認領時，少女的母親在已經腐爛到看不出原樣的屍體前崩潰哭得站不起身，後來暈厥送醫，差點因此中風命危。

透過關係，當時嚴司拿到了少女離家時在自己的社群空間上寫的一些話語。大多是厭倦了家庭無聊、父母管教，所以要去找自己的新生活什麼的……之後離家就消失了，直到以另外一種方式回來。

這並不是單一的事件。

他也見過逃家加入暴力集團的少年、加入賣淫集團的少女、加入販毒集團的各種青少年，不少被警方查到後，依舊沒有回頭，繼續沉淪而斷送未來，有些或許某一天還可以重拾生活，但有些已經再也睜不開眼。

網路很方便，但是黑暗的那一面也急速腐蝕更多年輕的生命，無法好好分辨資訊與保護自己的人，很容易身陷其中。

「現在的小孩子還眞是處處危機啊。」楊德丞搖搖頭，覺得當小孩子也是各種不容易，「附帶一提，還有人要養我喔。」約他砲的玩家不但要給零花，還要幫他付遊戲費用呢。

「你還眞有臉說。」嚴司笑了兩聲，「改天我也去釣幾個來玩好了。」大哥哥最喜歡和這種人玩遊戲了～

「說起來，電腦還眞像潘朵拉的盒子呢，感覺好像是個寶箱，但打開裡面可不一定是寶藏，放出來的說不定還是妖魔鬼怪或災難。」楊德丞從很久以前就覺得，連上網路後，這種科技物可眞都是雙面刃。

「也是，而且裡面還能裝很多祕密。」嚴司突然覺得哪天自己快死前，應該先把硬碟拔出來處理掉才對。

「你是有裝什麼不能見人的東西嗎……」

「總是會裝一些別人不想見人的東西～」

聽著旁邊開始歪題的聊天，聿拿過第三個布丁，然後打哈欠。

□

咳咳……

虞因偏過頭，看向落地窗外，天空已開始浮現藍色的清雅晨景，外頭除了辦公室外擺設的幾盆香草植物，沒有其他人的存在。

不過這次聽得很清楚，確實就是上回的咳嗽聲，淡淡的，飄浮在空氣中。

「請問有什麼事？」虞因站起身，稍微打起精神，環顧著室內，還是沒看見其他存在，

「我實在不懂您上次的意思。」

「你在跟誰說話？」

空氣裡的東西沒回答他，不過虞因倒是聽到浴室門打開的聲音，以及隨後走出來正在擦頭髮的東風，「又有什麼鬼東西跟來了嗎？」才剛去過那種地方還遇到怪事，所以跟上來也不太讓人訝異。

「欸……還不曉得。」虞因見對方好像完全清醒了，想了想，趁著只有兩人的時候開口問道：「是說，爲什麼你要回去以前的學校？」

「這種問題，你找虞警官或我學長拿個檔案不就知道了嗎。」東風並沒有特別想隱瞞，反正大多數人都知道原因。他揉了揉還在發痛的頭皮，剛剛洗澡時傷口沾水又裂了，「我也透過我自己的管道，看完你和小聿……尤其是小聿的那些事情。」

「也是，不過我覺得聊聊還不錯，而且現在大家也都滿熟了，你就說一點你想讓我知道的啊，當然不用一定要講事件，其他想說點什麼也行，如何？」虞因抱著有點拐騙的心情，試探地問著。

「……」東風按著頭上的毛巾，嘆了口氣，「就只是……覺得有些事情該面對，就是該面對了。」

這段時間以來，他身邊多出這群多管閒事的傢伙，每個都煩得要死，而且還好幾次把他捲入亂七八糟的事情裡，眞心想快點搬家遠離這票人。

但是……

「我好像也把你們捲入我的問題裡……」所以，他開始萌生必須重新回頭面對自己事情的想法，不然遲早有一天，「那個人」也會牽連其他人，不用說已經著手在探查的黎子泓和嚴司幾人，更可能會找上現在這些死纏著自己不放的笨蛋們。

「什麼？」因爲對方說話聲太小，虞因並沒有聽清楚。

「十年前，這所學校曾發生一件凶殺案。」

東風轉過頭，拿下毛巾，筆直地看著眼前的虞因，「並不是在校內，當時一名單身女性教職員被發現陳屍在租屋當中。」

「咦？」沒想到對方會突然直接切入話題，還很公式化地開口敘事，虞因一下反應不過來，愣了愣。

「教師的名字叫作安天晴，當時二十七歲，任職高中部三年級班導師，因爲長得很漂亮，對教育充滿熱誠，加上授課有趣，平日更關心學生，受到校內很多學生與家長歡迎。」

東風慢慢地移開視線，走向落地窗邊，看著那些被照顧得很漂亮的綠色植物，繼續說道：

「然後有一天下午……被發現死於學校附近的租屋中，發現時已身亡多時了……檢警查驗附近街道錄像，說那陣子有人在跟蹤她……所以……」

「……那是你的老師？」不對，虞因記得對方那時還只是國中生吧？不過也有可能是其他科目的老師就是，畢竟他們是完全中學。

「嗯……有一段時間，她義務幫我做課外教學，因爲學校的教材太簡單了……」

東風按著額頭，雖然很不想再回憶起那些事情，但記憶卻嶄新得讓人無法忽視，就像才剛剛發生過——

咦？你好厲害喔，全部都答對耶。

老師眞的覺得你很厲害喔，說不定以後你能成爲超～厲害的科學家還是學者，到時候要回來讓老師看看喔。

繼續這樣下去，搞不好下學期開始，你就比老師還厲害了呢。

要不然，等你考研究所時，老師也一起去進修好不好，說不定我們就會變成同學喔！

打勾勾約定囉。

「但是她卻死了。」

變成再也不會說話、也不會實現承諾的屍體，「警方結論是跟蹤狂入室殺人，之後追查了一陣子，所有的事情便不了了之，再也沒人提起。」

注意到對方講話語氣逐漸變得混亂，虞因連忙按住東風的肩膀，「那不是你的錯……」

「你不懂。」東風抬起頭，只覺得胸口和頭部非常疼痛，幾乎用盡全身力氣吸了口氣，努力地開口：「我是第一發現者……我就是那個第一發現者……」

當他開開心心帶著課本，在約定好的時間到達租屋時，只看見沒鎖的門扉輕輕開著一條縫，像是刻意等待著他。

然後，暗紅色的血液從門下緩緩地朝著他的腳邊擴開。

不是約定好了嗎？

機械式地打開熟悉的門扉，掛在門後的鈴鐺還發出叮鈴聲響。

背對著他端坐的人，面孔卻是顛倒過來直直對向自己。

像是被扭斷頭部的玩偶，大量血液從頭部往地板延展開來，彷彿紅色地毯般迎接著他，赤紅得幾乎眼睛都要被灼傷。

那瞬間看到的所有東西他都記得。

就和平常一樣，桌上有著切好的蛋糕擺放在學生專用的盤子上，老師的盤子則是放著吃了一半的餅乾，馬克杯裡泡著水果茶……

他都不知道手中的課本是什麼時候掉落的，一本一本緊黏在血液上。

直到，路過的鄰居發出尖叫聲。

「阿因，快讓開！」

虞因讓開身體，身後衝出的嚴司扶起倒在地上的人，「學弟，聽我數數慢慢呼吸……」

「怎麼了？」慢了點上樓的楊德丞側開身，讓聿跑過去協助嚴司。

「沒事，你休息室的床借用一下。」確認手邊的小孩有比較冷靜後，嚴司直接抱起人，在楊德丞帶領下先往休息室過去。

所有事情發生得太快了，虞因還有點措手不及。

直到聿靠到他的身邊推推他，他才回過神來。

「十年前的案子……」仔細思考剛剛東風說過的話，虞因的確想起來好像很久之前有過這則新聞，大致上是學校女老師遭跟蹤狂強盜殺死，不明嫌犯在逃，雖然那時候自己也還小，不過虞佟、虞夏下班時多少聊過，最後的印象是凶手還沒抓到，沒多久案子就消失在社會一角，已經很久沒再聽人提起，加上當時年紀不大，當然也不會再去追後續。

現在仔細想想，那件案子的確消失得太快了，雖然媒體原本就不會一直報導同件案子，但好像也沒看見後續追蹤或是其他相關。

「查嗎？」雖然不知道十年前什麼案子，不過聿還是開口發問。

「嗯，查查好了。」

沒想到當時第一發現者會是東風，虞因稍作思考，把剛才發生的事大致告訴身邊的聿。

差不多講到一個段落後，嚴司正好和楊德丞一前一後從辦公室附設的休息室走出來。

「好點了嗎？」虞因立刻迎上去。

「讓他安靜睡個覺吧。」嚴司搭著虞因和聿，讓楊德丞留下來照顧人，接著把兩隻小的往樓梯方向一轉，離開辦公室後才開口詢問：「你們剛剛是在聊什麼精彩刺激的話題？」

只好把剛才的事情再複述一次，虞因反射性回頭看了眼樓梯，「沒想到他壓力會大成這樣。」因爲身邊跟著聿，有時候一些案件他都會不自覺和當時聿家裡的事相比，就覺得其他人似乎比較沒那麼嚴重；畢竟很少人會遇到那樣子的事。

不過仔細想想，其實受到傷害後所遺留的創傷程度，並不能用什麼案件大小來評比。

「嗯～看來小東仔對你還眞的滿老實坦率的嘛。」嚴司自己當然是看檔案才知道所有事情，這點他前室友也是。眞正說起來，虞因倒是第一個讓那傢伙親口說的人。他突然有點想幫他好室友抹把同情淚，關心那小子這麼多年，還比不上和大師相處一陣子，果然人生就是千百種不容易啊。

「欸？」

「不過他剛剛太緊張，話都還沒說完就啪嚓倒地，既然他想讓你知道也主動開口了，那我就把他來不及講的也告訴你吧。」將人按回吧台前的座位，嚴司走進吧台裡，有模有樣地拿起工具，調起綜合果汁，「當年學弟的確是第一發現者，鄰居發現時他傻站在門口——因爲他常常去找那個老師，而且學弟長得……你們也知道嘛，算出眾，所以住戶大多認得他，有些還是後來做筆錄才知道他是男孩子，眞哀傷啊～」

嚴司收到備份資料時，當然也有備份錄音，好像還可以透過當年的錄音聽到附近年輕男住戶悲劇的心碎聲，畢竟小蘿莉直接變成正太還是挺讓人傷心的，未來的潛力股直接炸成碎片。

「所以？」虞因接過三層顏色的調果汁，認眞地盯著對方。

「當然鄰居也嚇個半死，馬上就報警啦，警方趕到現場時，發現死者頸部整個被折斷，凶手還用死者家裡的幾把菜刀切斷她的頸部，幾乎就只剩下後頸的皮肉相連……」

「等等。」虞因打斷嚴司的話，突然覺得自己眼皮跳了兩跳。其實他剛剛並沒有聽見東風提起死亡的樣子，對方陷入混亂時有幾句話說得很低沉，聽不太清楚，「那個死者的樣子，該不會是坐在椅子上、背對門口，然後頭部反折掛在椅背上、臉倒過來對著大門吧？」

「……小東仔有描述這麼仔細給你聽？」當年這件案子，警方並沒有對外公開死者慘樣，媒體也僅報導被割開頸部之類的內容，大眾應該不曉得當時的死亡狀況。嚴司挑起眉，既然眼前被圍毆的大學生沒看過檔案，那應該就是剛剛講的，但他又不覺得東風會口條生動地說給他聽。

「……」虞因摀著臉，馬上知道昨天家裡看到的那些是什麼東西。

「啊，果然是大師啊。」看虞因的表情，嚴司立刻猜出來了；剛剛他還眞想來句「難道你就是凶手」之類的，看來果然還是不可能讓他講一下這經典名句。「好吧，既然大師已經看過圖解，那我們就繼續說下去。總之小東仔就是第一時間撞到這畫面的發現者，但當時因爲情緒激動又啪嚓倒地，送醫過了幾天才有辦法講話，除了描述當時周邊狀況之外，他很堅持自己知道凶手是誰。」

「他知道？」這下子虞因眞的出乎意料了。

「嗯，不過這段記錄一度被人家消除掉啊。」嚴司撫著下巴，從黎子泓手中收來的文件其實很多曾被塗改，當年也不知道發生什麼事情，而且很多承辦人員後來都離職了，有些調轉到偏僻區域，他前室友正在積極聯絡這些人，不過成效不彰，找到的人不是三緘其口，就是乾脆掛電話。「好像是不被採用吧，承辦人員覺得他是過度驚嚇，下意識想要找人來負責這種恐怖的事情，所以亂講的。」

「可是如果是東風自己確定的，那就眞的能做參考吧。」雖然那時候東風年紀應該不大，不過虞因認爲對方的聰明程度不會打什麼折扣，他說有，肯定就有相當的可信度。

「這就是承辦人員不採信的問題點囉～」嚴司笑笑地開口：「小東仔咬出來的，可是有完整的不在場證明，而且就當時狀況來說，也應該不太可能做下這麼恐怖的殺人方式。」

「他咬誰出來？」虞因追問。

彈開指尖上的糖粒，嚴司搖搖頭。

「安天晴帶的高三學生。」

「高中生的確很難犯下這種案件。」

阿柳看著手邊的檔案，邊啃著早餐漢堡，順便瞥了眼掛在休息室沙發上、正在垂死掙扎的友人，「不管是心智上還是其他方面。」

「是啊……而且死亡時間是在下午第三節，那時候包括東風在內的學生都還在上課呢。雖然那名嫌疑學生蹺課，不過混在一起的不良少年群都作證他們躲在學校後門圍牆邊抽菸，檢警也有採集到菸蒂，訓導主任也說當時發現學生在抽菸，的確有追趕他們。」手邊也拿到當年菸蒂的樣本，玖深翻過身，趴在沙發上，「那案子超噁心的，一開始我還在想說怎麼血會流到玄關去，後來才看到檢驗報告上面附註，玄關到大門外那灘根本不是人血，是狗血，凶手還帶狗血故意淋了整個玄關，好惡意地想讓別人發現。」到底是什麼跟蹤狂才做得出這麼可惡的事情，光想就覺得很不可思議。

應該說，這幾年來看了很多事情，他都有這種感覺，那些犯下可怕案子的人究竟都是爲了什麼才能做出非人的行動。玖深還是很感慨，人類就不能和平安穩地好好相處和活著嗎？

總是有各式各樣可怕的事情在撕裂努力生活的好人，但是壞人似乎不為此悲傷。

就算多年之後眞有壞人反悔了，但那些傷痕還是不可能因此癒合吧？

「不過當年的人全都調離也有問題，難怪老大他們也會協助想翻舊案。」阿柳從紙袋裡拿出已經涼掉的另一個漢堡，往同僚頭上一拍，「疑點的確不少啊。」

拿下頭上的早餐，玖深咬了口，咀嚼著能塡飽肚子的味道，「嗯，可是追查起來有難度，死者唯一的親人幾年前也死了說……」

「安老師的母親數年前病逝，直到死前還一直拿著陳情書到處奔走，希望追查兇手。」

正在懶洋洋咬早餐的玖深連忙翻起身，看著走進休息室的黎子泓。

黎子泓關上門，婉謝阿柳遞來的飲料，繼續說道：「伯母似乎相信東風說的，堅持想要警方繼續追查相關事件，以及那名學生，但因為沒有其他證據，並不被受理。」他這陣子拜訪過當年安天晴的同事、親友，大多數都不願意再談這些事情，不過多少仍有問到一些。

那時候，東風的確一直陪在安天晴母親身邊，出入的友人都記得他。

推算起來，那名學弟也是在同時間快速結束了高中學業，以第一名的成績考進和自己相同的科系，之後安天晴母親病逝，他也在差不多時間申請休學，遠離校園。

現在，黎子泓大抵知道為何對方要放棄學業了。

他很可能一直在查安天晴的事，甚至想自己考到所有查案相關資格，揪出當年的凶手。

但是爲什麼放棄了？

安天晴的母親病逝，對於追查凶手、完成學業得到親自追蹤的資格，應該不會造成太大的影響。

「的確，沒證據對上人家有完全不在場證明，當然不會被相信。」玖深支著下頷，皺起臉。他很想幫忙東風做點什麼啊……

他們都明白對方那種個性和消極心態不是天生的，肯定是後來經歷過什麼才會變成那樣。但是再怎樣拒絕外界，東風人其實還是很好，所以就更想幫忙。

「不過跟蹤狂的可能性也不低，畢竟當年監視器都錄到了，確實有人在跟蹤那個老師，搞不好眞的就是被跟蹤狂殺死的，當時也有記錄屋內財物被搜刮一空喔。」阿柳聳聳肩，換成是他，也不會排除跟蹤狂，畢竟跟蹤狂也確有其人嘛。

「嗯，這些就是我想釐清的事情。」

黎子泓的話才說完，休息室的門突然被敲了幾下，旋即打開來。

看見來的是虞夏，本來還有點警戒的三人立刻放鬆了。

「阿司眞的是沒事找事做！」一大早就收到通報的虞夏罵了句，眞心想要去掐死那個姓嚴的。明明昨晚說要去楊德丞那邊避一避，他的店是開在隔壁縣市嗎！真該死。「我以前同學電話給我，說阿司昨晚在他們負責那區翻出個疑似命案現場，問我要不要過去看看。」

「現場？」黎子泓皺起眉。

「嗯，就一棟廢棄房子。他們又吃飽撐著亂跑，跑完還通報認識的人，今天一早嚴司他朋友屁股癢的馬上跑過去，結果確認那房子三樓的浴室裡留有大量陳舊血跡。」虞夏打開自己收到的圖片，遞給黎子泓，上頭是幾張大浴缸的特寫；浴缸整個是黑的，乾涸的暗色像是一層不同質感的薄皮覆蓋在浴缸上，「全部都是血液反應。」

「哇，這麼大量，不死也難。」複製了圖片檔來看，阿柳只有這結論。

「老大要去嗎？」對現場很有興趣的玖深渴望地看著。

「那邊的小組已經去封鎖了，我哥剛剛出發，會先評估是什麼狀況。」把玖深的腦袋推開，虞夏收回手機，說道：「晚點會有消息。」畢竟不是他們的地盤，當然不能無故介入，會通知他也是基於私人交情。

黎子泓點點頭，倒是不太在意嚴司闖禍什麼的。

應該說，自從調來這裡之後，他好像已經很習慣經常莫名其妙就冒出個現場還是什麼屍體在那裡噴出來之類的事情。

世界無奇不有嘛……

□

恢復意識時，整個頭痛得好像快要裂開似地。

伸手按住頭部，這才發現傷口已經被重新包紮過，手指碰到了紗布，底下的傷口隱隱作痛，不知道是不是發炎，一直感到腫脹的疼痛感。

室內相當幽暗，不過顯然還是白天，從窗簾透進來的光足以看清室內狀況。

「……」

偏過頭，第一眼就看見趴在床邊睡得正熟的聿，還有坐在地上、也斜靠在床邊呼呼大睡的虞因，扣除這兩人的呼吸聲響，只剩空調正在運作的規律細小聲音。

慢慢轉動頭部，直到看著充滿陰影的天花板，他才逐漸整理回自己的思緒。

都多久前的事情……還是能夠把自己搞成這樣嗎……

從那時候到現在，他不斷重複作著當日的夢。

很多人都說死者會託夢，那種不甘心的死者肯定會告訴身邊人什麼訊息，或是像那種溫馨情節、要他們忘了這些事情好好過生活什麼的。

但自從事情發生後，就連一次都沒有，沒有夢到、完全沒有夢到，更別說有什麼鬼影。數年後，他花了錢買下那間租屋，當時的家具物品早就被清空處理掉，偌大的空間毫無一物，就連曾經在那裡逝去的人都不曾出現，他只能透過自己的記憶幻影來重疊讓人懷念的空間。

第一次知道虞因看得見時，他就很想問，爲什麼他身邊沒有？爲什麼不會出現在他身邊？爲什麼別的案子裡會有想復仇的、不甘心的、回到家人朋友身邊的，就只有他沒有？

甚至沒有夢，沒有一句話給他。

即使他是第一發現者，他也只能夢見當時的畫面。好像連一點施捨都不願意給他，再多的什麼都無法得到。

他不懂，完全不懂。

那個說好約定的人，怎麼可以這樣對他？

就算是恨他，也應該給他隻字片語。

冰冷的指腹貼上他的臉頰。

轉過頭時，看見聿不知何時已經醒了，就著原本的姿勢朝他伸出手。

東風揮開對方的手，猛地坐起身，大動作同時驚動旁邊的虞因，短時間裡，三個人都清醒了。

「嗚啊～你們也睡太少了吧。」虞因轉過頭趴到床鋪邊掏出手機，看見上面顯示的時間還不到中午。

聿用力拉拉筋骨，直接站起，邊打著哈欠，邊走出已經變得有點涼的房間。

看了下空調，溫度居然已經掉到二十二、三度，虞因有點奇怪地把空調給關掉，記得和楊德丞換手時看他設定的應該是二十八度左右……難怪他睡到一半冷得要命，現在起床都有點頭痛了。

東風掀開薄毯後也覺得房間溫度低到有點冷，他搓搓手，走去窗邊稍微開點縫隙，讓房間溫度可以快些上升。

咳咳……

「很冷的話先出去吧。」

回過頭，東風對上一臉莫名其妙的虞因，後者連忙對他搖頭，表示剛剛的聲音與他無關。

很確定剛才自己有聽見聲音，東風沉默地思考了幾秒，決定不去探究自己不熟悉的領域，先開口說出想講的事：「昨天的那些事情……你聽聽就算了吧。」

「其實是今天早上，不過那種事情怎麼可能聽聽就算啊喂。」這傢伙是用什麼邏輯才覺得別人聽見重大案件會哈哈笑兩聲當玩笑啊。虞因完全不打算就這樣假裝無事，「你都已經開口了，怎麼可能不管。」

「我只是擔心你們哪天會死得不明不白……算了，這件事情先這樣，多講無益。」不想一起床就浪費精神做口舌之爭，東風搖搖頭，停止話題。

「等等……」虞因並不打算這樣停止，正想繼續問下去時，手機突然響了起來，一看顯示竟然還是小海打來的，他只好先接聽。

接起後，對方那端的背景音有點熱鬧，不過似乎不是她店裡的喧鬧聲，聽起來反而很像是大群人在唱KTV的感覺。

電話那頭的小海大概也意識到周圍聲音過大，很快就離開了吵鬧源，那些歌唱的聲音一會兒變得很遙遠。

「這樣聽清楚了嗎？」

小海的聲音傳來，頓了頓，確認通話沒問題後，便繼續說下去：「欸，老娘問你，你們有惹到人嗎？」

「啥？」對方的問句來得太過突然，虞因一時反應不過來。

「老娘現在正在和幾家同行的唱歌啦，剛剛聽到個奇怪的消息，說是道上最近有人出手在買一些小女生，讓她們拿錢辦點事情。」

「……買小女生？」這年頭還有人光明正大在買小孩？

「嗤，掏錢掏毒養那些無所事事的屁小孩去當棋子啦。」用對方比較能理解的方式說道，小海繼續：「聽起來好像是要對付特定的人，包括條子。你叫條杯杯最近小心點，那些臭小孩拿了錢、嗑了藥，什麼鬼事都願意辦。老娘會再找認識的人打聽下去……」

「大概是找哪個年齡層的？」

虞因被貼在旁邊聽的東風嚇了一跳，還沒來得及說點什麼，對方就已經逕自抓住他的手，把手機轉成擴音功能。

「年齡層喔？有聽到指定要未成年的，十二、三歲的也收。」其實也就差不多從那個說溜嘴的傢伙身上挖到這些，小海自己也還沒搞清楚。畢竟他們這門走的不是毒派、賭派，也不收那種拿藥包養的小孩，老闆亦嚴格不准自己的區域出現那些邪魔歪道，所以第一時間相關資訊當然也會弱了點。

「嗯。」那就是十二歲到十六、七歲左右的範圍吧。東風在心中打點了下。

「大概就是這樣子。對了，那個妹妹的事情你們還行吧？」雖然主要是打電話來提醒，不過小海也順道詢問下。

「關於這個，妳可以向舒星瑀拿姊姊的畢業紀念冊和同學們的聯絡方式嗎？」看過檔案和日記後，東風其實也有點底了。

「好啊，那我晚點過去找你們，掰～」

切斷通話後，基本上被晾在一邊的虞因收起手機，開口問道：「你們已經知道了啊？那個什麼藏寶的？」

「比起那個，還是先查那名網友狀況比較好吧。」

□

「喔，三樓廁所裡的確充滿大量血跡喔。」

中午時分，順便蹭午餐的嚴司將後續收到的一些照片傳給幾個小孩，「我在樓梯間就看到啦，滴落血跡，一路扛上去的～應該是因爲二樓沒有浴間吧。」他邊說著，邊領剛起床三人組到吧台前的六人長桌。

「啊，說起來還眞的是。」那時候虞因的確沒在二樓那些布置漂亮的房間裡和外頭的小廳看見浴廁，反而只有一樓與三樓有，這點說起來相當奇怪，看來是屋主特意把浴室給打掉了。

天亮後，嚴司的友人帶著員警前往通報地點，屋內已不若夜晚那麼黑暗，在特意照明之下，整棟房子內部構造比夜間更爲清晰。

仔細一看，二樓就像虞因記憶中的一樣，確實沒有浴廁，布滿灰塵的空間裡多得是各式各樣的精美擺設，連天花板的燈盞也都砸下本錢換成特製燈罩，看來相當討女性喜愛。不過扣除這些觀賞性質，實用物品幾乎沒有，別說浴廁，就連那些電話、電視、電腦等用品都沒見到。

「三樓的電腦主機已經被搬回去囉，如果有什麼發現，應該也會通知我們。」嚴司接過楊德丞準備的餐具，人很好地幫忙擺盤，「附帶一提，是用有人舉報那邊疑似在開毒趴的名義通報我朋友去查的，雖然不太可能會問到你們，不過要是有個萬一，可別忘記喔～」串供還是要先串好，不然露馬腳就麻煩了，還要寫報告。

坐在一邊的聿翻看著平板上的照片，低頭想了想，畫面就停在昨天半夜某人差點被拖走的樓梯間。

「昨天在樓梯這邊還真看了不少次有東西被拖上去。」包括自己都差點上去的虞因搖著手邊的飲料杯，說道：「真怪……」

「拖上去的？」與事件無關的楊德丞停下手邊工作，有點好奇地回頭問了句：「剛剛阿司不是說扛上去？」

「啊，對耶。」虞因也跟著疑惑了。

「不然折衷一下，先預訂是拖完再扛好了。」嚴司說完話收到幾記白眼。

不過現在思考這種問題還是無解，只好暫時先跳過，等到現場人員有進一步消息通知他們再說了。

「話說回來，你們看舒星玲的那些檔案後來看出什麼了嗎？」虞因覺得最近幾次都沒什麼參與感，常常都還沒搞清楚狀況，這兩個小的就直接給他一路衝向終點了。

「對耶，大哥哥我也很有興趣，反正悠閒地吃午飯，也順便聊天聊天地說吧。」嚴司按住一臉厭煩想逃走的東風，把夾子和整盆義大利麵塞到對方手裡，「學弟，時間太多的話，應該不介意幫忙分麵給大家吧。」

「……」看著聿竟也把盤子遞到自己前面了，東風只好硬著頭皮小心翼翼地分起麵條。

趁著短暫時間，聿把準備好的日記部分秀上平板，拿給虞因和嚴司兩人。

扣除日常瑣事及一些學校與朋友間的小問題，和明信片有關的事情在電腦對話記錄中被提及不少。

「看起來那位湯仁兄或曾仁兄的，是姊姊在網路社群認識的朋友。」從電腦儲存的記錄來看，舒星玲在高中期間認識了不少網路上的朋友。七年前網路就已經頗發達了，當時網路遊戲和聊天室亦也相當普遍，身體不好的舒星玲顯然在家休養時，透過電腦摸索不少虛擬世界。而這名自稱湯紀嵩的網友也是其中一員。

出乎嚴司意料之外的是，他原本以爲姊姊是那種談網戀被騙的小女生類型，但仔細一看才發現不是，舒星玲並不只和「湯紀嵩」交換郵寄資料，光是聿整理出來的就有十幾個，大多是聊天一陣子稍有認識後就交換地址，偶爾寄些卡片什麼的，和舒星瑀之前的說法有點出入。而且，姊姊在網路上聊天的態度相當開朗開放，也會和一些網友開黃腔，或是聊各種年輕衝動的馬賽克話題。

「嗯~的確有人在網路上和現實上不太一樣。」嚴司暫時先放下平板，接過麵條，「是說這樣姊姊應該會有更多的網友來信才是，怎麼就只剩這張。」該不會是父母收起來了吧？聽小海他們形容那家庭，其實是有這可能性。

「她在和同學聊天時有提過網友的事情，這點我們得聯繫上當年的同學才知道。」將最後一個盤子遞給楊德丞，東風才坐下身，看著自己桌上和別人不同的特製飯菜，有點犯愁。

在廚師本人面前，肯定是不能把東西留下了，雖然楊德丞準備的分量不多，但還是很不想塞進嘴巴裡……

看著長桌上精緻的各式菜色，果然只要是正常人，都能吃得很開心吧。

東風默默在心中嘆了口氣，認分地啃起自己那份餐點。

「啊，紅蘿蔔糕。」看著那塊被戳來戳去的粉色小糕點，嚴司一秒知道一大早朋友在那邊磨蘿蔔是用到哪裡去了。

「……」

現在真的不想吃了。

□

傍晚時，小海載著剛下課的舒星瑀直接殺到虞家大門口。

正好送走嚴司的虞因差點在自家門口被那輛野狼撞個正著。

「哇塞，妳騎車這麼快很危險耶。」虞因盯著煞在自己腳前的車輪，有點黑線地看著依舊穿短短、露出兩條完美白腿的小海。好像一年到尾都沒怎麼看她換過打扮，夏天就算了，冬天有時候也這樣，眞不知道她怕不怕冷。

「我有斬節啦，沒不小心撞到人過。」小海拿下安全帽，等後面的小女生下車後，才牽著車跟著虞因進去庭院停車，「小心撞人例外。」

「小心撞人是什麼鬼啊！」還小心謹愼地撞了再輾嗎！

「就是……」

「算了，別在小孩面前說這個。」虞因打斷很可能會出現的血腥話題，看了眼後頭很緊張的小女生，果然很中規中矩的樣子啊。如果不是因爲找寶藏的事情，應該不太可能會和小海這種類型交上朋友吧。

「你們說的那個畢業紀念冊和通訊錄都帶來啦。」準時在下課時間去堵人的小海勾著想往後縮的女孩，一手提著路上買的蛋糕盒，熟門熟路地自己往屋內走，「你們要怎麼找啊？用碟仙還是筆仙之類的轉相片嗎？」

「並沒有好嗎，怎麼可能做得到這種事！」虞因開始覺得這些人把自己高估到一種莫名其妙的地步。

「也是，雖然聽我哥他們講過幾次，但老娘好像也沒在你這邊看過什麼怪事啊，真不知道你們是怎麼看的。」所以有時候小海在想，該不會是其他人想太多了吧。

看著女孩們的背影，虞因實在是不知道該從何吐槽起，只好認命地把門關一關，才跟著回屋裡。

進到屋裡時，就看見幾個小的已經把舒星瑀帶來的畢業紀念冊和通訊本在桌上打開。和所有畢業冊一樣，上面有各式各樣的照片：在學校中的學生照，個人提供的團體生活照；最後紀念冊的空白處則是留給學生們交換簽名與祝福的話語，而他們手上這本幾乎都快寫滿了，足見當時持有者的人氣。

不過可惜的是，大多是祝少女早日康復或身體健康的祝語，並不是正常健康學生會收到的對未來的祝福。

「我姊姊的話，是這一個。」在許多大頭照與生活照當中，縮在小海身邊的舒星瑀指出一名和自己面貌略有相似的少女，聲音弱弱地說道。

從照片上看起來，少女相當有氣質，白白淨淨的，是屬於能讓人信賴的好學生類型，就是看起來相當消瘦，面色也不太好，估計在拍照當時就如舒星瑀所說，身體已經在極度衰弱的狀態。

「這兩個是姊姊的好朋友。」找到一張三人合照後，舒星瑀與前面的學生大頭照比對，小心翼翼地開口：「姚姊和趙姊，用通訊錄有聯絡上她們，就是她們告訴我那些寶藏的事情，不過姚姊現在嫁到高雄去了，趙姊則是在海外工作，兩個人手機號碼都沒換。」

舒星瑀所指出的兩名女孩和舒星玲是相似類型，都是很標準的乖巧學生模樣。

「這兩個呢？」看著高中生們的照片，東風指向其中一張團體照，看起來像是校外教學還是什麼活動拍的，裡面七名年輕學生們穿著便服，當中就包括舒星玲與她兩名好朋友；另外兩個剃平頭的男孩，以及兩名頭髮略染的女學生。

見東風的手是指在女生上面，舒星瑀抓抓頭，翻了翻前面的名單，「這個好像是……啊，找到了，聽說以前是班上的大姊頭，姊姊雖然和她們偶爾也聊得上天，但是不太親近。我聽趙姊說，她們以前也會說我姊的壞話，愛裝乖乖牌什麼的，有時候會故意捉弄我姊，不過姊姊也有送給她們畢業寶藏……趙姊不知道是什麼東西，她們沒告訴別人。」

看著照片中的染髮女孩們，一個是季幼萱，一個是李織盈。

「是那種愛玩的。」小海瞄了兩眼，說道。

「不過說起來，每個班級果然多多少少會有一、兩個比較不起眼的類型啊。」虞因大致上也跟著看了一會兒照片，大量生活照裡有一名女學生出現的次數很少，幾乎沒有與好友的合照，而是只有在人較多的團體照裡才會露個臉，像是全班一起在草坪偉人銅像前比ＹＡ的照片之類的，才會看見她出現在角落。他以前高中也有……別說高中，大學裡也有，就是特低調，也很少和其他同學往來的，通常分組時就默默地依附在缺人小組裡。

說老實話，他覺得眼前畏畏縮縮的舒星瑀也是這種類型，從進門開始她就一直抓著小海，不然就是只有在東風詢問時聲音比較大一點，視線老是盯在紀念冊上，緊張到完全不敢多看他和聿、甚至是客廳其他地方一眼。如果不是事前就知道這女孩怕生，他還眞以爲是他和聿會咬人。

好歹他在學校裡也還是有女生要的吧……這種洪水猛獸反應眞讓人有點哀傷。

「這好像是胡寶兒。」其實對相片角落頭髮長長的女生很沒印象，舒星瑀勉強找出大頭照，照片上的女孩相當平凡，很容易就忽略過去，就和現在的她很類似。對照一下手上的通訊錄和冊子後面的簽名留念，果然有找到胡寶兒留下的簡短字句，如同其他人一樣。於是這才確定無誤地開口：「我打電話過去時，她留的電話已經是空號了；季幼萱她們兩個的也是。」

接過通訊錄，東風看著上面登記的電話、住址及電子信箱，電話前大多很仔細地被打了勾或叉，看來舒星瑀課餘時間很認眞在找姊姊這些同學，想問出最後那張明信片的解答。

「這些東西可以暫時放這邊嗎？」

「咦……這個……應該是可以，但是不要放太久，我怕媽媽會發現不見……」舒星瑀有些不太肯定地點點頭，另外拿出自己的小本子，「當年的班導師林鴻志換到其他學校了，趙姊有給我聯絡方式，可是我打過去是空號，好像也已經離職了，現在不知道在哪，還有這裡面有趙姊她們的信箱。」

看了眼本子上的人名和信箱，直接記下來的東風讓對方收回冊子，「過兩天就還妳，應該不至於這麼快被察覺。」

「嗯。」看著漂亮的男孩，筆直的目光讓舒星瑀有點害羞地低下頭。

「啊，時間也差不多了，妳不是說要在妳家大人回來之前趕回去嗎。」看了牆上的掛鐘，小海跳起身。不知不覺也都快晚間了，再不把人送回去，估計會被逮個正著，因爲路程有點遠，還得算車程時間。

「欸、對！」七手八腳地連忙整理物品，舒星瑀站起身後，很用力地朝所有人一躬身，「謝謝大家，麻煩你們了……我先回家……不好意思。」

「妳們在玄關稍等一下。」看聿也跟著站起身，很快地跑向廚房，虞因就先送女孩們去穿套鞋子。

小海蹦出去發動摩托車時，聿也提著小紙袋跑出來。

「這是我弟做的烤布丁，回家後和家人一起吃吧，還滿好吃的。」接過紙袋，虞因把點心轉送給女孩，笑笑地說。

「謝謝你們！」

「你要不要考慮開個網路小店啊，可以增加收入。」

坐在客廳翻本子的東風看見兩兄弟返回客廳時，隨口說道。

從他認識這堆人開始，每次到這裡時絕對都會有那些布丁、果凍，打開冰箱也隨時隨地都有整排可挑。而且聿的用料還很講究，雖然他常常吃了吐，但多少知道和外面販售的有所差別。

「上次楊大哥有提啊，他想請聿把點心放在他們店裡寄賣，不過手工數量本來就不多，聿對自己做的東西又挑又愛吃得要命，不知道單日如果限定十個會不會被客人掀桌。」後來三不五時會來這裡玩的楊德丞早早就提出想要合作了，虞因知道聿本身也有意思想做，但是這傢伙自己每次做完就立刻嗑掉一半，最終成品會少到讓人眼神死啊！

「……扣掉量少因素，眞的想開店我可以贊助。」手上早就累積不少個人財產的東風很隨意地說道。

「太好了小聿，起碼有十個人要出錢，快點去募集員工吧。」虞因在親朋好友自投羅網集資名單添上新的一人。他家小孩人緣眞好啊，一堆人搶著要金援點心店。就是希望哪天眞的開成，不要全部被店主偷吃光就好。

從廚房端出布丁的聿面無表情地比了記拇指。

「喂……」原來早就不愁資金了嗎？東風眞覺得剛剛太多嘴了。

「反正再來我也畢業了嘛，工作暫時都還沒問題，說不定最近可以騰時間來討論店要怎樣做喔。」算起來，李臨玥他們那些傢伙肯定有幾個還會混一陣子，虞因估計人手應該不是問題。那幾個損友之前也哇哇叫過如果小聿要開店一定幫忙，交換條件就是給他們吃好吃的，差不多該叫他們來當蟻工貢獻勞力了。

「不過他平常不是有在做翻譯嗎，現在突然一口氣開店會忙死吧，還是慢慢計畫比較好。」東風嘖了聲，看了眼正在拆小海蛋糕盒的聿。

「從網路和楊大哥的店開始也行啊，現在還年輕可以多嘗試嘛，對不對，小聿。」總之有一堆送上門的金主，虞因倒是很樂觀。

聿點點頭，不反對多嘗試。

應該說，做完賣掉一半，他就有額外收入可以再買更好的材料，接著繼續追求更完美的布丁和點心！再怎樣說都還是很有益處的，而且另外不賣的那半自己還可以吃到滿足。

「我總覺得某個人一臉私心啊，開店的方向根本錯了吧。」東風看著據說和自己有相近智商的小孩，後者雖然還是面無表情，但已經發直的眼睛完全可以讓人猜得出他在想什麼。這年頭開店不是為了讓自己吃到爽啊喂！

把智商用在正常的地方啊！

「贊助可以吃到飽。」聿轉頭看著未來金主，很誠懇地釋出最大善意，「無限供應。」

「……那不是虧錢嗎我。」「吃到飽」這三個字根本和自己畫不上等號吧，還無限供應咧。東風第二度覺得自己剛才真的太多嘴。

「哈哈哈，看來東風才是最好的金主。」虞因看著東風露出有點困擾的思考表情，就覺得很好笑。

「你們真是……算了，先說正經的。」覺得再講下去會變成自己頭痛，東風把話題轉回眼前這些照片，「我見過叫季幼萱的這位。」

「咦？」

「沒錯的話，是在學校附近的咖啡店。」乍看照片時他就認出來了，雖然和染髮的樣子有差異，不過輪廓之類的其實沒有變太多，「她現在就在學校附近的飲料店當店員，我和舒星瑀在咖啡店時見過一次。」

東風其實在店裡就覺得那個女店員有點怪，雖然說是服務，但也靠得太近了點，感覺那名女店員好像刻意繞在他們周圍一樣，他原本還以為是他們這桌動靜太大，現在看來，說不定是在講明信片或寶藏時對方就留意到了吧，尤其他們也有提到七年前學生什麼的，實在是太過明顯。

「確定就是本人嗎？」虞因還眞沒想到會那麼巧。

「嗯，我有瞄了眼名牌，可能改過名字，現在她叫作『季亞萱』。」

5

「歡迎光臨……咦！」

如同往常般，開在學校附近的咖啡店傳來開門的鈴鐺聲。

雖然是在學校附近，不過咖啡店走的是較高價位的路線，也提供簡餐小食；平常主攻附近上班族與老師客群，罕見學生入內消費，提供了安靜隱密的休憩空間。

門扉打開時，女店員習慣地喊出招呼語，卻在看見來客後吃驚地愣了一下。

「不好意思佔用妳的上班時間，不過我家這邊的小孩有事情想找妳幫忙。」看店員是眞的嚇到了，虞因連忙陪笑地說道：「我們會消費。」

「誰是你家小孩。」東風罵了句。

最後面的聿盯著門口的小黑板，認眞研究起上面的菜單，還順便拉了下東風。

「那個是我們老闆每天寫……」發現自己反射性要介紹起菜單時，季亞萱硬生生打住。

「小萱，怎麼了嗎？」

可能是不自然的僵持引起了其他人注意，櫃台邊走出另一名店員，疑惑地看著門口的一群人。

「不，沒事，我幫他們帶位。」女店員——季亞萱連忙露出微笑，「三位這邊請……」

跟著女性往店內較隱蔽的雅座走，虞因邊打量著走在前方已和畢業紀念冊上完全不同的成人看。不但沒了以前高中張揚的愛玩氣焰，連半長的頭髮都已經恢復成不染不燙的黑色，現在簡單俐落地紮成短馬尾束在腦後，看起來就是普通能幹的店員，沒事先知道的話，還眞不會將她和高中那些相片畫上等號。

將他們帶進屏風後的偏僻座位後，季亞萱戰戰兢兢地替所有人放上點餐本，然後視線落在來過一次的東風身上。

「如果現在不方便的話，我們在這邊等妳下班？」東風看了下掛鐘，離打烊大約還有一小時，他們也可以一邊用餐一邊等，估計時間差不了多少，「妳也知道，我們是因爲舒星玲的事情而來，那天一起來的小女生是她妹妹舒星瑀，想請教妳一些明信片上那些字謎的事。」上門時，季亞萱的反應就已經說明她自己心中有底，所以就不用在那邊浪費時間多做解釋。

「……我去交接一下工作就過來。」季亞萱接過填好的點菜單，便退出雅座。

看樣子應該是不會逃走，東風回過頭正要拿手邊檔案時，就看見虞因不知在唸聿什麼。

「說好順便來吃個晚餐的，爲啥你全都畫甜的啊，等等沒先把飯吃掉就不准吃點心。」搶在最後加上兩人簡餐的虞因直接往在菜單上畫了一大堆甜食的傢伙臉上戳，「浪費錢，還給我畫烤布丁，剛剛出門前不是才吃過嗎，你這傢伙是要吃多少，你知道你這樣一天吃進多少蛋嗎，肥死你。」

「明天開始奶酪。」聿歪著頭想想，提出折衷方式。

「你上次這樣說的時候，一天吃掉兩大罐奶酪，也不准，給我節制一點。」這種吃法是要吃到死嗎，如果有人因爲吃點心吃到死，這傢伙絕對是第一個，虞因如此深深相信。抬頭時，就看見東風已明顯露出看白痴的表情在看他們，「……我有幫你點一壺熱水果茶。」

東風無言地轉回頭，決定不管那對笨蛋兄弟。

因爲將近打烊時間，所以客人不多，餐點上得相當快速，一會兒就差不多全部上齊，季亞萱是在上完最後一道點心時拿著一盤小蛋糕走回到座位邊。

「這是店老闆請你們的，請盡量用。」在空位坐下，已經換過一身便服的季亞萱說道：「眞抱歉，其實你和小星妹妹來的時候我就注意到了，畢竟你們一開口就是七年前的事，我又看見明信片上的名字，所以才下意識站在旁邊聽。」

「那妳應該也曉得妹妹在找明信片上寫的寶藏吧。」東風攪拌著水果茶，詢問道：「聽說七年前你們都有拿到類似的紙條。」

「嗯，我的是『總是喜歡待在品嚐時間流逝的最佳位置，有一天未來會更加甘甜芳香』，不過就是以前常常跟朋友在頂樓樓梯間躲老師、偷抽菸什麼的，還寫成這麼美化的謎題啊。」季亞萱有點懷念地笑了笑，繼續開口：「既然找上我，你應該也知道織織當時和我是好朋友；織織的是『為了學習大人的氣味，偷藏祕密地方的祕密』，她以前老是把香菸盒藏在一樓女廁的窗戶上。」

東風不用思考太多，直接詢問：「所以她給了妳們類似薄荷糖或是戒菸糖什麼的東西嗎？」

「！」季亞萱愣了下，皺起眉看著眼前的小孩，「你怎麼知道？」

「謎題和藏東西的位置有提示。」其實也就是隨便猜猜，東風聳聳肩，「妳認識湯紀嵩……」

「完全不認識！」季亞萱立刻回答後，愣了下。

「答太快了。」聿捲著叉子上的麵條，默默吐出一句。

「妳認識啊？」虞因看著女性臉上出現後悔的神色，肯定對方認識明信片上的人名。

「看來不只認識，這人還做過什麼讓妳印象深刻的事情。」東風將翻拍明信片的圖片推到女性面前，「請問這位是……？」

季亞萱盯著明信片看了半晌，才冷哼了聲，語氣從原本店員般的客氣，陡然變成有些不屑：「你們這些小朋友眞的吃飽撐著發神經耶，沒事找什麼寶藏，舒星玲那傢伙又沒有留給她妹，幹嘛這麼多事啊。」

「妳怎麼這麼確定沒有留？」東風勾出微笑，「和卡片這個人有關嗎？」

季亞萱支著下頷，冷冷看著卡片上的名字。半晌，才從塗著淡色口紅的嘴唇裡吐出冰冷的話語——

「那個垃圾，可是條網蟲喔。」

「七年前，其實和現在也差不多，那時候不少人也流行上網交朋友。」

季亞萱拿起了桌上的小蛋糕，有一下沒一下地咬著，「現在不是很多人都會用手機搖朋友嗎，以前手機沒這麼方便，就都跑網路聊天室，或者網遊。我和織織有時候放學沒事也會去網咖打發時間，反正對我們來說，交哪邊的朋友都一樣，也在上面交過幾個男朋友玩玩，還眞的有遇過一、兩個大方的，會開車來接送什麼的。」

因爲無聊，當時名爲季幼萱的女孩和李織盈在網路上認識了不少人，經常泡在中部的聊天室，以及網路遊戲上搭人來玩。

「總之，那個廢人就經常出沒在聊天室裡……你們應該知道，那種看不見臉的聊天室啊、論壇啊交友什麼的，誰知道後面會是什麼東西，反正那傢伙一開始都裝得很溫文體貼啦，還會問人家玩什麼遊戲，也跑去弄個帳號送一大堆寶物什麼的騙一堆女生好感。很多人都吃這套，聽說後來進一步約出去的也不少，之後幹了啥大家都心知肚明啦。」

虞因聽到這邊，突然知道舒星瑀說的那段話是什麼意思，「所以姊姊認識這個人之後，妳們才會說她愛裝乖乖牌？」

「靠，一定是那兩個八婆講的。」季亞萱直覺罵了出來，露出很不以爲然的表情，「對啊，我們也是偶然知道的，織織發現有個會上去聊天、叫作藍星的女生講的一些事情很像我們在學校發生的，她套了幾次，才確定那個人就是小星。因爲對方在網路上講話的方式和在學校裡很不一樣，根本像是完全不同人，比我們敢講很多，看她在學校好學生的樣子，眞讓人想不到。很快就看見她和那廢人搭上了，兩個人還常常講悄悄話，後來就聽人家說那個廢物搭上個小美女，還會寫賀年卡什麼的，快笑死我們了。那廢物在勾搭小星之前，才有人傳他亂玩女學生還錄了上床影片，當作戰利品私下到處炫耀呢。」

「該不會舒星玲也……」聽到這邊，雖然人已經過去七年了，不過虞因還是直覺擔心起舒星玲。

季亞萱搖搖頭，說道：「不，就我所知，小星應該沒有和那個廢物出去過，她身體非常差，高二開始還常常請病假，所以只能在家裡上網聊天。我們全班都和她換過帳號，她也常常找同學聊學校的事，還有找老師問功課……我們班老師人很好，叫林鴻志，紀念冊上有。好像下課還是放學、放假時，都會去幫小星輔導學校功課，好讓她跟得上進度。」

注意到東風瞬間緊繃了起來，虞因立即拍了下對方的肩膀，然後替他重新倒滿茶水，「看來妳們老師很好。」

「嗯啊，以前還覺得老師滿帥的，我們班好像是他帶的第一個班級，小時候不懂，看到白白高高的就覺得很帥，偶爾還故意想引他注意，現在想想眞有點好笑。」

大致又問了下班上的事，就是和其他高中生一樣的各種生活瑣事，好像沒有其他可以參考寶藏位置的線索或湯紀嵩的事情後，話題又轉回了季亞萱所知的網蟲上。

「雖然知道那傢伙是個廢物，不過我和織織倒是有見過他一、兩次。因爲他在釣女人前都會裝樣子騙人，出手還算闊，所以我們兩個抱著去削削他也不錯的心情去玩他，那時候還眞的有讓他掏錢買了包和一些衣服。現在看看也都是廉價品，以前幾百塊就覺得不少了，眞是……」季亞萱露出「如果是現在，應該會把對方坑個幾萬塊」的可惜表情，嘖了聲，「反正在他提出要去他家玩那時候，我和織織就落跑了，整個封鎖，手機號碼和網名也都換掉，讓那傢伙找不到人～對啦，我們在玩他的時候報的所有資料都是假的，名字啊地址，電話也只給一支，約出來時也是穿便服約在別的學校附近，就是不讓他找上門。估計那廢物之後也死心了，很快又在網路上到處騙人。」

「喂喂，雖然說那種人不是什麼好人，但妳們的行爲也稱不上好事啊。」虞因很無言地看著對方。

「要說教的話，去找七年前的我說啊，現在我不是都從良、自食其力在這邊賣咖啡了嗎。」季亞萱很不以爲然地敷衍兩句，「誰知道那廢物的錢是怎麼來的，要騙人也要有被人吃的準備啊，我們又沒洗光他，就拿幾個禮物而已，他自己心甘情願。」

「……」看來也就只能這樣了。的確無法去找七年前的學生說教，虞因乾脆也就打住，畢竟就如同女性所講，她現在自食其力在這邊工作，也不好再多說什麼。「對了，那麼妳那邊有湯紀嵩的照片之類的嗎？」

「那麼久了……嗯……我晚點問看看織織好了，說不定她有留。如果你們要挖那條廢物，我也可以再幫你問問當年其他網友，其中還有幾個現在偶爾會聊聊，有什麼相關的再告訴你們。」

「麻煩了。」

和女性交換聯絡方式後，時間也差不多了，店內客人早已走得精光，部分店員開始準備打烊前的打掃。

看一桌東西也吃得差不多，虞因便直接去結帳，然後離開店家。

踏出咖啡店已經是九點的事。

前腳剛走，後面的招牌便跟著熄滅，一下子街道上黯淡不少，尤其這裡大多店家客群是學生，老早就熄燈關店，整條馬路看過去，還營業著的店面或路邊攤屈指可數。

三人是轉搭幾次公車來這裡的，虞因想了想，思考等等回去還是乾脆叫車比較方便。

「你這次都沒看到她嗎？」

「嗯？」虞因回過頭，有點意外走在後頭的東風冷不防開口，「什麼的？」

「就……像是舒星玲……之前不是有死人的事情會出來那些超自然的事情嗎？」看對方的樣子好像還真的沒有，東風覺得有點奇怪，「還是在廢屋那邊出現過了？」雖然看不見，但後來虞因有告訴他們廢屋裡那堆黑色人影的事。

「不，舒星玲完全沒出現過，廢屋裡應該都和她沒關係。」雖然沒有實質證據，不過虞因還滿確定這點，那個姊姊從頭到尾都沒找上過他們，「我想應該是她升天時沒有什麼問題吧？很爽快就上去之類的？」

「上去哪裡……」東風冷眼看過去。

「天堂？西方極樂世界？我還真沒上去過，這個以後再研究吧。」虞因拉拉衣領，剛從冷氣房出來覺得和室外溫差有點大，他擦了一下汗，「不過不曉得她後面會不會出來就是，現階段還沒發現，如果有冒出來我會再跟你們講。」但他還是覺得姊姊出來的可能性很低，接觸這件事之後完全沒有相關的感應。

「不是可以叫出來還是找出來什麼的嗎……？」東風在某些書裡的確看過這種，開始思考所謂降靈術的實用性，「買一些道具輔助什麼的，我在網站上看到很多，國外的應該也可以用吧？反正只是管道比較不同，叫得下來應該都沒問題？」

「你都在看什麼東西啊！我可是外行人耶！不要突然跳去那種高難度的事情啊，萬一我被附身怎麼辦？」不對！他之前就被附過了！虞因突然感覺有點淡淡的哀傷，只好再補上別句：「還有回不來不是會很慘嗎，如果那玩意還弄不回去就更悲劇了。」

「眞麻煩，就不能有個固定方式妥善利用嗎。」這樣怎麼嘗試那些書上寫的東西啊？

「不，應該不可能會有。」虞因連忙揮手，到現在他才發現東風其實有些思考很可怕，而且對方還眞的有點期待的樣子。靠，他怎麼可能去找管道叫什麼下來啊！這根本比嚴司之前的要求還過分了，「不管你在想什麼，快點放棄那些詭異的知識，也不要找我去試書上寫的事情，我很怕我自己有危險。」

再這樣下去，他深恐這位仁兄有天會拿著通靈板還是什麼召喚惡魔的配備組出現在他家門口。

看得見另個世界的人不用拿性命去相搏吧！他們也有自己美好的人生啊！

「……這樣啊。」東風還是覺得有些可惜，只好放下覺得有點興趣的事情。

「嗯，就是這樣。對了！」虞因決定要轉移這可怕話題，連忙看向另外一邊，「既然都來到這裡，不然我們就去學校走走，我還沒去過你們學校，說不定可以發現點什麼喔！」

「……」

「走吧走吧！」

「眞煩。」

□

「說起來，七年前好像也跟現在差不多嘛。」

夜晚的學校似乎沒他們想得那麼寂靜，從後門進去時，遠遠可以看見一樓處有夜校學生還在上課，操場上有附近的民眾、或是已經放學的學生跑動，球場也有人在打球，開亮的燈盞將校園映得頗為熱鬧。

「學生還是都喜歡在網路交友。啊，別說學生，其實現在很多人都喜歡科技交友吧。」虞因也看過李臨玥他們在搖手機，他自己倒是沒開這功能……誰知道搖下來的會是什麼，如果是活的就算了，如果不是活的就真的是給自己找麻煩。

「因為無聊吧。」東風看著籃球場，淡淡地說：「畢竟人類還是須要社交的存在，而且社交也的確有必要存在。」

「以前科技不發達時鄰里往來還很熱絡吧，那時候也不用這樣搖手機。現在的人把門關上了，只能從虛擬世界開另一道門找人，也不知道是好還是不好。」虞因其實比較喜歡小時候被他家大人拎著到處跑的感覺。

「端看每個人如何使用吧，使用得妥當，自然還是能夠和許多親朋好友加深感情；使用不妥當，就是上新聞囉。」東風聳聳肩。反正這些事情這十幾年來已經稀鬆平常了，不管是科技運用或者是面對面相處，最後看的還是個人。

人，才是引發所有事件的起源，怪罪於其他都無意義。

「也是。」虞因笑了笑，算是同意這點。反正好的人走到哪裡都是好的，心存不良的人不管用了什麼，一樣都是壞。這點從經歷過的各種案子就可以完全體會，最終不管是不是科技，利用的還是後面的那個人啊。

大致環顧了學校一圈，果然沒看見什麼持劍的東西。

「看來果然不是那麼好找的東西。」虞因抓抓頭，多少能了解舒星瑀的感受了。

「好找。」站在旁邊的聿直直盯著草坪的銅像看。

「？」虞因跟著看過去，看見的是個舞蹈人形藝術銅像，是兩名女性優美的曲線動作，並不算稀奇……「啊！」

「發現了？」東風冷笑了聲。

「銅像換過了對吧。」出門前看過的照片裡，虞因的確有看見一張偉人銅像立在這片草坪裡，「不過它也沒拿劍啊？我記得是抬起手的雕像。」因爲那種偉人雕像太常見了，所以只要稍一回想，立刻就記起樣子。

「嗯，我查了下，是在他們畢業後隔一年換掉的，至於劍嘛……」

「學長！果然是你耶！」

從籃球場方向傳來的喊叫聲和跑步聲響，打斷了東風的話。看過去，只見一名原本正在打籃球的學生甩著手上的毛巾往這邊跑來。

虞因並不認識對方，下意識轉向唯一和這學校扯得上關係的人。

「……煩人的又來了。」東風沒想到這時間竟然還會遇到林致淵，眞想馬上調頭走人。

「果然很有緣耶，我還以爲你只有假日白天會跑來。」打球打到一半，大老遠就看到幾個人在學校繞，剛開始林致淵還不太確定，直到走近了，他才確認地跑出來打招呼，「等等要不要一起去逛夜市啊？」

相較於對方熱絡的反應，覺得很煩的東風直皺眉，「你很閒耶，爲什麼可以一天到晚在這裡打球。」他可是完全不想再遇到此人啊。

「說閒……考試考完了，都快畢業了也沒什麼好忙的吧，我早就有學校可以讀啦。」林致淵將毛巾往脖上一掛，有點好笑地向虞因兩人也打過招呼，「而且我就住在附近，最近我們幾個社區的暑期運動比賽快到了，里長一直拜託我們這次要拿個好成績回來，所以和鄰居們加緊練習中。」

朝著林致淵所指的方向看去，東風的確看見籃球場那邊不是上次看見的那些學生，而是混雜了一些成人在裡面，甚至還有年紀比較大的長者在場邊好奇地看著。

「果然年輕熱血。」虞因看著有點陽光帥氣的男學生，就想到以前老是在學校打籃球的阿方。最近很少看見他和一太了，不知道在忙什麼，也因為大家要準備畢業了，原本在打籃球的那些人正各自準備未來的事情，現在學校籃球場上已經換另一批人在玩了。

歲月飛逝啊……

「學長怎麼這時間又來學校了？」林致淵對幾個人還滿有好感的，就更好奇了。

「不干……」

「其實我們是在找寶藏。」虞因搭著東風的肩膀，搶在對方前回答，「以前這裡有座偉人銅像，我們才剛說到好像跟什麼劍沒關係之類的。」

「劍？」林致淵頓了頓，「偉人銅像和劍什麼的是不大曉得……不過我們這邊有些學生都會說這銅像根本是拿棍子打同伴之類的。」說著，他自己也覺得有點好笑。

「拿棍子？」虞因疑惑了。

「是這樣的……你們跟我上來吧。」

見林致淵好像在學校裡吃得很開，先帶他們去找警衛拿鑰匙，說自己有很重要的東西忘在教室裡之類的，然後很順利地打開緊閉的樓梯門鎖，領著他們一路往高處爬。

走到五樓時，他們停在黑暗的教室前，空無一人的空間外掛著專科教室的門牌。

「雖然現在位置不太對，不過應該可以看得出來。」林致淵朝虞因招招手，趴在走廊圍牆邊，讓其他人往下看。

剛剛站在一樓時沒特別注意，不過在高處一看，虞因看見那座草坪雕像的影子附近竟然多了根像棍棒一樣的長條物，如果對得正準，看起來眞的很像舞蹈銅像拿棒子打人。轉頭看往上方，就看見立在另側頂樓的旗台，下午降旗後，已經沒有懸掛旗子了。

「如果以前這裡是偉人銅像，搞不好看起來眞的會像拿著劍喔……不過我覺得還是比較像拿棍子，畢竟上面是圓的嘛。」

虞因看著影子，整個恍然大悟，回過頭看見東風和聿居然都是一臉平靜，他們果然早就知道了，難怪一開始會說這沒什麼。

「你們兩個眞是……」知道謎底的話，好歹也跟他講啊。

正要修理兩個壞小孩時，虞因猛地看見後方教室的黑色玻璃上出現了模糊的倒影，並不是他們四人所有，影子就掛在空中，是很典型那種傳統鬼片會出現的樣子。

「……」

不知道爲什麼，虞因覺得現在沒被嚇到的自己可能哪邊也有問題了。

「姊姊嗎？」迴避了旁邊的林致淵，東風低聲詢問。

「不是，不認識的。」……等等，他好像也不認識姊姊吧。虞因按了按額頭，不曉得該不該修改一下用詞。

窗上的影子就在短時間裡消失得無影無蹤。

「有什麼東西嗎？」看著帶來的人一直盯著窗戶看，林致淵補上幾句：「聽女生說，我們學校好像也有幾個鬼故事，該不會有看見什麼吧？」

「呃，應該沒有吧。」好像不該對剛認識的小孩講有鬼什麼的，虞因直接搖頭，跟著學生開始往樓下移動，「不過你們學校有什麼鬼故事？我還眞沒聽東風講過。」這種話題突然讓他想起以前被李臨玥那死女人押著去鑑定什麼校園七大鬼話的事，有一個作孽的青梅竹馬就會附帶各種慘，像是從小到大必定會被抓去找校園鬼，如果讀不同學校更慘，還要一次看兩間。

以前看得沒這麼清楚時，虞因還常常被突如其來的東西嚇得半死。

這讓他再度深深感覺自己年輕時代果然有點哀傷。

「有什麼好聽的，基本上幾乎都是騙人的。」因爲年紀比其他人小的關係，東風也曾被同班女生抓去聽鬼故事。說好聽點是找他一起聊天，說難聽點就只是想嚇小孩吧，當時想看他被嚇到的人居多。

可惜並沒有如他們所願。

「好像有些是眞的吧，我比較有印象的是兩個，據說都是眞的事情喔。一個是很久以前，學校剛建立時有個學姊被同班同學欺負了，想不開從頂樓跳下來……現在學校頂樓好像還有供奉什麼，不過通往頂樓的樓梯封起來了，不准學生上去。」等到最後頭的聿走下樓梯，林致淵才把樓梯鐵門重新鎖上，漫步往警衛室還鑰匙，「那個學姊好像還在，貌似如果有人霸凌同學太過分，學姊半夜就會去找那個人的樣子。」

「可惜這學校到處都是霸凌啊。」以前也被欺負過的東風就沒看過什麼學姊蹦出來。

「這個還不一定……」總覺得身後傳來某種視線的虞因搭著聿的肩膀，決定不要回頭。

看他們好像聽得有點興趣，林致淵笑笑地繼續說著：「另外一個，聽說我們學校以前有老師在家裡被殺死了，當時命案鬧得很大，還上了新聞頭條。」

東風猛然止住腳步。

「之後，就有人說看見老師有時候會回學校，可能是放心不下學生。有人說午休睡覺時，突然看見不認識的老師站在窗外看他們，他睡醒才發現那邊的窗戶根本不是走廊、也沒陽台，後來看到以前的紀念冊照片，才發現是那個死掉的……」

「先不要說了。」虞因拉著講得有點起勁的學生，沒想到十年前那件事還變成了校園鬼話，一頭冷汗地阻止對方繼續說下去。

「嗯？」雖然搞不清楚怎麼回事，林致淵還是打住。

原本還算熱鬧的校園似乎也在同時跟著寂靜下來。

過了半晌，東風才默默開口。

「先……回去吧。」

□

夜間，收到訊息從家裡趕來後，平常工作的地方幾乎已經沒什麼人了。

因爲還有些燥熱，離開車內時心情也稍微跟著煩躁起來，以至於嚴司在看見停車場附近有小屁孩正在欺負小屁孩，他就過去把人都趕跑了才轉回大樓。

和門口警衛打過招呼後，刷了卡，便直接走進平日的工作區。

「抱歉啊學長，放假時候找你。」站在桌邊的梧桐有點抱歉地搔搔頭，「你傷有沒有好一點？」

「別說了，本來背痛而已，結果昨天又扭到右邊。」嚴司甩甩被壓扁的右手，上面還纏著彈性繃帶。他很認眞地思考自己最近是不是該去拜拜比較好。應該說，他在虞家解決那個入侵小女生時本來就有點撞到，結果在鬼屋又被一壓……該叫某大學生減肥了。

「你眞的要放個長假好好休息，背後那個應該是之前殺人魔的舊傷吧，現在突然痛起來不太好，這幾天快去檢查一下吧。」梧桐也是因爲這樣，才來接手幫忙對方部分工作，也不知道該怎麼講這人。

「嗯，的確，我會在度假勝地含笑看著你們過勞死的。」嚴司覺得把囤積的假一口氣用掉也不錯。

「……」

不知道爲什麼，梧桐突然不想付出關心了，「……總之，照你的話，我特別檢查過東風那邊的屍體。和你說的一樣，刺青是最近才刺上去的，發炎還沒退，應該就是這一、兩天。顏料很平常，沒有什麼特別之處，估計要查不好查，我會再找看看。」

「果然，有點佩服我自己的烏鴉腦。」嚴司本來只是猜測，現在基本上算是確定了，「我在老大家那邊有抓到一個，你有看過了嗎？」

「有，也是臨時刺青，和死者一樣。」

「這麼說來，後面這兩個果然都只是那個組織臨時找來湊數的……眞糟糕。」他就覺得奇怪，虞夏他們怎麼說也抓了一海票傢伙，裡面有不少幹部，這樣竟然還有辦法一直找麻煩。而且上次的民宿那件事加上飆車族，能發現這組織底下基層人手素質參差不齊，嚴司當時就隱約知道不對，眼下也證實了他的猜測。

組織知道他們也注意到了刺青的事，現在正在加快吸收砲灰丟給他們。

不過既然自己都想得到了，那自己前室友和虞夏估計也早就察覺了吧。

「昨天老大他們不是也在這裡抓到兩個嗎，那兩個倒是沒有刺青，聽說只是拿錢辦事，有印子的槍則是別人給的。」

「這個我知道。」有收到消息的嚴司點點頭，「不過你大半夜把我挖出來這裡，如果只是要說這些廢話，我就代替我全身的痛來消滅你喔。」他看顧小孩已經搞得不是一點點痛了，如果這小子挑這時間耍他，他也就只好徹底好好感謝回來。

「當、當然不是……」梧桐覺得背脊有點冷，連忙搖頭，「那具屍體已經查到家屬了，明天會過來，所以我想趁現在先讓你也看過。」

「老大他們看過就可以了啊～」

雖然這樣說，不過嚴司整理後，還是跟著走去停放屍體的檯子。

已經處理過的蒼白屍體就這樣安安靜靜地躺在冰冷的工作檯上，空氣中還遺留著它最後剩下的氣味，隨著空調慢慢飄散。

「就如同學長所說，她在墜落前就已經死了。死因是心臟捱了一刀，出血量很少。玖深他們比對過了，凶器是東風家裡的水果刀，應該是凶手在現場直接隨手拿取，刀子在窗台附近被找到。那刀就直接插在心臟上，完全沒有任何猶豫。」梧桐頓了頓，說道：「凶手很可能不是一般人，手法太過乾淨俐落，這肯定也不是他第一個死者，他知道怎麼殺人。」

「丟下去的動作反而多餘了。」看來那時候他們聽見的動靜是凶手發出的，嚴司也不排除對方是要轉移他們的注意力，爭取時間逃走之類，就是不知道怎麼逃的。「比起這個，我對她身上的痕跡比較有興趣耶。」

留意到少女的屍體上有些不自然的舊傷痕，嚴司仔細看了下同僚遞給他的檔案照片，發現其他部位也有不少舊傷，大多集中在手臂上，背部、手指，肋骨上也有部分，連骨頭都有細小的裂痕。

「頭上也有。」梧桐說道：「是長年累積的，有些可追溯到童年時期。」

大致上看過一輪後，嚴司大概有底了，「家暴小孩。」

「我也如此認爲。」同樣也有這個結論，所以梧桐依據屍體身上的傷痕查問了幾家醫院和社工，果然在外縣市找到死者的身分，「社工那邊表示約兩年前收到通報，一年多前好不容易要幫她安置時，她就逃家了；此外，她還經歷過許多性行爲，也嗑了不少藥，估計是——」

逃走之後，因爲沒有謀生能力，便漫無目的混入某些團體中，最終被吸收利用，無聲無息也沒留下痕跡，永遠地消失在世界上。

嚴司闔起檔案，嘆了口氣。

「人生啊。」

翌日清晨，天都還沒亮，虞因在睡夢中迷迷糊糊被自己的手機聲響吵醒。

從床頭櫃摸到手機，一看時間才早晨五點多，正在閃動亮光的螢幕顯示小海的名字，也不知道女孩這時間打電話給他幹嘛。

要接起之際，手機便停下了，另一端的小海掛斷電話。

虞因邊抓著頭，邊打著哈欠坐起身，正打算回撥給女孩時，突然發現自己床邊窩著一團黑影，血紅色的眼睛緩緩抬起對上他。差不多就是這時候被嚇到清醒，還來不及反應，那黑影便嗖地聲瞬間消失。

「……」不知道自己房間變成陰間熱門景點該做何反應。

總之先起床，走出房間時客房那邊還很安靜，東風應該還在睡；樓下已經能聽見準備早餐的聲音了，估計是早起的聿。不過下樓梯後，虞因有點驚訝地看見他家大人橫躺在客廳沙發上睡覺，不曉得哪時候回來的虞夏，身上還蓋著份檔案，睡得很熟。

聿聽見聲響，從廚房出來，朝他比了個安靜的手勢。

「大爸也回來了嗎？」虞因走進廚房，壓低聲音問道。

聿點點頭，比了樓上。

看來是剛回來不久。

他家大人最近異常忙碌，有時候連續兩、三天都不在家，應該是那個組織的事情很棘手吧。虞因每天都有看新聞，總有幾個不起眼的小新聞，像是哪邊又有聚賭被舉報，或是青少年夜鬧被檢舉、租下旅館性愛派對什麼的……一般人看看就忘記了。不過在那裡面隱藏著怪異組織的據點，有些不起眼到連新聞都懶得發了。

虞因知道後續東風好像還有幫忙破解一些密碼，所以單子上的標記也被清得七七八八，就是不知道哪時候可以處理乾淨。

虞因坐在廚房桌邊，想想先給小海發個簡訊。

聿倒了果汁過來時，小海正好回信。

你昨晚發的，剛剛才看到。

一個晚上都是小白目，沒空用手機。

不知道哪區來的。

你們找到寶藏了啊？

有空打給你。

「看來小海好像很忙。」

想想就沒再回訊息打擾對方，既然小海第一時間沒回電而是罕見地回了訊息，應該就是現在不方便講話。虞因決定不去思考對方那邊有什麼不能講話的可怕場景，喝完果汁後便起身打算先回房間弄個東西。

虞因踏出廚房時，直接看見自家樓梯前躺著個黑色東西，他沉默了。

「你……」

話才一個起頭，那抹黑色物體就像在之前廢屋裡看見的一樣，猛地被往樓上拖去。

快步走到樓梯邊，只看見黑色東西掛在樓梯間，接著好像有誰在上面使力，一個停頓，再度把物體向上拖去。

看這樣子，果然和嚴司看見的血液不太一樣……

「你站在這裡幹嘛！」

被身後的聲音嚇了一跳，虞因連忙轉頭，看見虞夏滿臉黑氣地站在他身後。

「呃……」

「樓梯有什麼？」差不多返家才睡不到一個小時，虞夏睜開眼就看見自家小孩站在樓梯口，專心盯著某東西看的表情，是標準看見不該存在的某物體之臉。

「我還在等它現出真身。」虞因很誠懇地回答。

「……」

「對不起我真的還沒看到是什麼。」虞因在拳頭揮過來之前，連忙補上第二句，接著才有點怕怕地閃到旁邊，「對了，那個廢屋……」

「浴缸裡的是人血沒錯，檢驗大概要過段時間才會出來。還有，如果下次你們要尋這種『寶』，最好先通知我一聲。」虞夏陰森森地看著小孩，語氣平板地說道。這種話都不知道說過幾次了，但是每次都被忽視。

「盡、盡量。」虞因覺得背脊有點發涼，連忙點頭，同時想起另一件事，「對了，其實那天晚上我看見的不只一個……」

「嗯？很多嗎？」虞夏皺起眉。

「廢屋裡的影子最少有四、五個，看不太清楚，但確定好像是被拖上樓……我想它們應該是想特別強調被拖上去這件事情。」按照慣例，重複演練給他看的話，如果不是很重要的事，很可能就是它們人生將盡最後發生的事情。

就是努力地想傳達給他知道，讓他們發現。

虞因一直有這種感覺。

虞夏按著痠痛的後頸，思考了下，將手邊的檔案夾拋給虞因，「事實上，負責的小隊才剛傳這東西過來。」因爲不是他們的區域，就只是認識的人私下傳遞，「他們試了廢屋裡的電腦，發現資料有些還可以讀取，這些是裡面部分照片檔。」

虞因翻開了檔案夾，裡面是許多列印照片，大多都是年輕少女，有些還穿著制服、有些甚至裸著半身，看得出來很多是在自家拍的，背景房間都不同，其中也有幾張的背景就是他們在廢屋裡看見的二樓房間一角。

虞因看了幾張後，也發現不對勁的照片。

那種和網友在網路上脫來脫去亂拍的照片他不是沒看過，但這其中參雜了幾張少女躺在地板或是二樓床鋪上的相片，表情並不像正常拍照的反應，而是異常空洞……應該說面無表情，或者是面部根本凝固了，四肢或是垂落或是有些怪異地放置在身邊。

「這個……」不管再怎麼看，虞因都覺得某幾張裡的少女極度異常，他覺得自己甚至看見閃光燈下的少女瞳孔是放大的，而且還出現了血點。

「阿司和那邊的警方一致認爲是窒息死亡，起碼確認有三名以上的死者，現在正在以照片追查身分。」虞夏頓了頓，繼續說道：「我們懷疑很可能全都是在網路被網友誘騙來的青少女。那部電腦裡有大量相關網路聊天記錄，還有不少提到援交、或是疑似逃家少女求借住什麼的。」

虞因突然能理解爲什麼是拖上樓梯的狀況。

恐怕某些女孩在二樓被殺死後，不知是出於什麼原因，被拖到三樓去做最後處置……爲什麼不是一樓呢？或是因爲一樓擔心被附近鄰里看見？

抬起頭，他看見了站在樓梯間的黑影。

像是慢慢散去的迷霧，那些深黑逐漸褪去了顏色，失去血色的蒼白皮膚緩緩顯露出來，帶著生前最後一絲驚恐的面部，就映在虞因手邊的相片上，最後身影退去，消散在空氣中。

就像自己失去的生命一樣，不留痕跡。

□

「所以那棟屋子還眞是貨眞價實的案發現場嗎。」

早上八點多，終於睡飽覺的東風被扣押在飯廳，一邊攪拌著手邊的稀粥，一邊聽著虞因的敘述。雖然他早在看見屋內的布置時，多少猜到了些作用，不過知道裡面有鬼東西後，還是希望自己其實沒有猜對，或是方向有誤。

「嗯，警方好像也在調查屋主了，不過據說那個姓曾的七年前就消失不見了，也不知道為什麼。房子是早逝的父母留給他的，沒兄弟姊妹，親戚鄰里方面根本沒往來，貌似完全將自己關在家中、獨來獨往的人。」經由嚴司，和他當地朋友換了聯絡方式的虞因也偷偷分享到一些情報。

但是！也不知道嚴司那渾蛋是怎樣向對方介紹的，那位朋友竟然劈頭就叫他大師！

虞因在訊息上看到這個稱呼時，腦袋瞬間爆出青筋。

「聿在幹嘛。」東風總覺得廚房裡一直飄出某種味道，轉頭看了下，只見聿坐在烤箱邊玩平板，並沒有搭理這邊。

「喔，好像在烤蛋糕吧，等等有客人。」古早味蛋糕的香氣實在讓人難以等待啊。一早聿就在那邊打了一大堆的蛋，除了訪客之外，估計是要給他家大爸、二爸下午上班時順便帶去局裡慰勞其他人的。虞因邊想著，開始思考基本客源要不要先從警局開發起。

「不就方曉海嗎。」東風嘖了聲，固定的那幾個人還會自帶點心來，好像沒必要這麼大費周章吧。

「不不，小海還沒回電給我，是兩個小朋友要先過來，好像舒星瑀收到了小海的通知，早上請病假要直接趕過來這邊。」其實虞因也還在等小海的電話，不曉得對方是不是忘記了，一直沒回電。

「……另一個？」東風有種很不好的預感。

「林致淵啊，他昨晚很擔心你的狀況，問了我聯絡方式。他說他們這些有學校讀的已經被放牛吃草了，所以他要蹺課來。」這年頭這麼有心的好小孩眞不多了，虞因有點感動，好像家裡的雛鳥終於開始努力交朋友的感覺。

「……你幹嘛給他聯絡方式。」這些人煩不煩啊。

「人家是好心嘛。」虞因聳聳肩，笑笑地說。

「……」

正當東風考慮吃完粥立刻找藉口逃逸時，好像在嘲笑他的命運之神就讓門鈴響了，第一個上門的還是他最不想看見的傢伙。

搶個一大早來拜訪的林致淵，就這樣被虞因給領進門。

「打擾了～」

穿著便服的林致淵很爽朗地朝屋裡的人打過招呼，然後將手上的紙盒交給虞因，「早上找不到什麼好買，希望你們會喜歡烤饅頭。」

「學生蹺什麼課。」東風白了莫名其妙來湊熱鬧的傢伙一眼，覺得這人很多餘。

「不得不老實說，其實我還是很喜歡學長的臉，所以特別在意相關的事情。」林致淵無視對方投來的殺人目光，直接在旁邊坐下，「而且我也很在意舒星瑀的事情啊，你們昨天晚上那些事情也是，所以之後就直接問她了……其實她線上滿好聊的耶，大概是因為不用當面講，省掉尷尬的關係，就把寶藏的事說給我聽，還眞是有趣，原來你們是在找這種時光寶箱啊，眞不知道姊姊會留什麼下來。」

「……」東風現在開始覺得頭痛了，他本來就打算快點把舒星瑀和這些破事給解決掉，結果又沾一個亂七八糟的東西上來。

「就你昨晚帶我們去看的，我們猜應該是在銅像下面啦。」虞因把烤饅頭打開，端出剛出爐的蛋糕，順便沖壺茶放在旁邊，「不過都已經過了七年，不知道東西還在不在，正想聯繫看看他們當年的班導師，說不定可以幫忙回學校把東西取出來。」

畢竟他們是外人，舒星瑀總不能帶著幾個校外人士跑去人家校內挖草坪吧，肯定會被趕出去的。

「不是說老師聯繫不上嗎？」林致淵也曉得變成空號的事情。

「有名字就可以查，畢竟若是老師，不管在哪邊任教應該都會登錄在學校網頁裡。」也打算今天要搜索老師的虞因這樣說道，「而且現在網路這麼發達，他應該不可能眞的就這樣消失，或多或少可以找到相關。」

「原來如此。」林致淵點點頭，表示了解。

稍微又聊了半晌，舒星瑀就到來了。

獨自跑來的少女似乎比上一次還要緊張，整個人僵到頻頻打翻放在桌前的水果茶，無法放鬆下來，就維持這樣的狀態聽完虞因的轉述，之後沉默了下來。

看著小女生眼眶有點紅紅的，虞因也不好意思打擾人家的情緒，就和聿在旁邊啃蛋糕。

就在東風打了不知道第幾個哈欠後，舒星瑀才有些尷尬地撥撥頭髮，然後抬起頭，「我明白了……謝謝大家的幫忙……眞的謝謝……就算找不到老師、不能挖也沒關係的……」

「妳不是很想要姊姊的寶藏嗎？」這下虞因倒有點意外了。

「嗯，很想要……因爲我太沒用了，想說起碼要找到姊姊最後留下來的東西，雖然不一定是給我……但找到應該可以比較高興……」舒星瑀捧起茶杯，再度低下頭，看著些微震動的茶水表面，「功課也平平，學校裡也沒有朋友……網路上也沒遇過什麼好人，在家也沒辦法讓爸媽開心……就……就想說不要連這個都做不到……」

「實際上妳還是做不到，是別人幫——」東風的話還沒說完，直接被虞因摀住嘴巴。

「對、對不起……」舒星瑀的聲音更小了。

「銅像換掉也不在預期之內嘛，如果銅像還在，你們就不會說拿棍子的舞者啊，肯定立刻就知道謎底了。」舒星玲的幾個提示其實都不難，虞因認為只要當事人看到，應該都能立即知道，就和季亞萱她們一樣。所以才會說當年全班都有找到。

「嗯、嗯……總之謝謝大家。」舒星瑀放下杯子，連忙站起身，又因為動作太大撞到桌子，差點撞翻桌面上的茶杯，急忙按住茶杯後，手忙腳亂地收回手，很認真地低頭彎下腰，「真的謝謝，也謝謝致淵學長。」

「不會啊，和妳聊天滿有趣的，如果妳現實可以和線上一樣活潑就好了，妳懂很多事情啊。」林致淵笑笑地回應道。

「這個、這個……」舒星瑀捂著發紅的臉，再度垂下頭，縮回原位。

「而且妳也不用太介意啦，一個人做不到的事情，多幾個人一起做就可以成功，這也沒什麼好抱歉的，朋友一起合作不就是這樣嗎。」虞因自己在畢展臨死前還換主題，造成整個小組跟著十八層地獄，但最後還算是成功，這讓他深深體會到朋友願意支持的重要性——扣掉事後他們眞的吃了他一大筆不算。

「嗯，眞的很謝謝。」

舒星瑀淡淡勾起微笑，隨即遮住臉。

「其實妳笑起來滿可愛的，要多笑喔。」林致淵補上這句。

下一秒，舒星瑀眞的打翻茶杯了。

送走男孩、女孩後，虞因再度返回客廳。

「不告訴他們那個網蟲的事情嗎？」雖然循著寶藏會挖出這種事很意外，不過虞因也思考著好像應該知會舒星瑀一聲。

「你有想過爲什麼舒星瑀的父母嚴格禁止她碰姊姊的東西嗎？」東風和聿對看了一眼，說道。

「這麼說起來……」一般好像不會特別禁止？另外，舒星瑀也說了家教很嚴，不能讓她隨便亂跑……被東風一提，虞因也注意到了，「父母很可能早就知道？」

「或許。最起碼從舒星玲的狀況來看，姊姊那時並沒有這麼多規矩。」綜合來說，舒星玲當時就算身體不好，還是可以自由和朋友往來，甚至連地址都能留給網友，可見父母給予相當程度的自由。若要說是給身體不好的孩子一點小福利，應該也不至於在後期對妹妹舒星瑀的管教轉變爲極度嚴格掌控，而且顯然家長要求的並不是成績，是要確定她的作息行蹤。

「那就微妙了。」如果家長知道那個姓曾的就是網蟲，搞不好只剩下這張明信片就是因爲家長的關係，估計是之後整理遺物時全丟了。虞因思索了下，再度發問，「姊姊的日記說撕掉，會不會也是……」

「這點之後再確認吧。」東風聽見樓梯傳來聲音，打住了這部分的閒聊。

轉頭看見睡沒多久又下樓的虞夏，虞因連忙讓開擋在入口的身體，然後盯著對方正在檢視手機訊息的動作，「二爸你這樣小心過勞死喔～」

虞夏冷瞪了旁邊的臭小子一眼，直接往沙發一躺，「如果眞的掛了，你們大概要負三分之一的責任。」也不想想增加他額外工作的是誰。

「呃……」虞因有點良心痛。

「東風家那個死者家屬已經來認領了，確認是離家少女，家裡也不知道她在外面做什麼——應該說家裡不關心她在做什麼。雖然已經排除和你有關聯，不過這幾天你還是繼續住這邊吧，需要拿什麼用品，我會讓人送你回去拿。」虞夏揉著後頸，淡淡地說道：「你們要去找寶藏也好，盡量不要落單，也不要甩開我的人。」

他都已經接到好幾次回報，說東風突然消失，跟在他後面的員警常常找得焦頭爛額，是全部人裡面最麻煩的第一名；第二名就是姓嚴的渾蛋。

「……」決定當作什麼都沒聽見，東風轉過去拿聿放在椅子上的平板，對方正在搜找舒星玲當初的老師，網頁停留在很多相同的人名上，就這樣擺著去廚房取第二批烤好的蛋糕放涼。

「對了，向振榮這兩天有聯絡你嗎？」

東風頓了下，回過頭，不知道爲什麼虞夏突然會問這句。「沒有……？」放假回來後，他們雖然偶爾會聯繫，但是並不頻繁。

「振榮哥怎麼了嗎？車隊的話，要不要幫你問問阿關他們？」當初在民宿便隱約知道對方的身分，但因爲其他人沒提，虞因也沒有深入問，現在迸出對方的名字，他一整個奇怪。

「不，沒什麼。」虞夏搖搖頭，沒繼續說下去。

正想追問下去，虞因的手機突然響了，看了下是小海，只好暫時走出走廊接通電話。

看著虞因離開，東風才皺起眉，「失聯嗎？」

「沒，就是上禮拜回報的電話說這陣子可能不太方便頻頻講電話，全部改用簡訊通知；

最近兩天次數也減少了，但還是有繼續回傳消息。」雖然年紀算輕，不過向振榮能力很好。虞夏當初請他幫忙時，也是基於這點才接受對方建議讓他放手去做，只是近期那組織的動作不斷，虞夏開始思考要不要先將人撤回來，不過向振榮本人倒是希望繼續追查下去，他的說法是已經接觸到一些組織幹部了，不想白費這些時間。

「……振榮哥的女朋友應該再過一陣子也要生了。」東風突然想起對方當時說過的話，覺得心情有些複雜。

民宿事件後，向振榮打過幾次電話給他，其中有一次是小孩如果生了，一定要他過去看看之類的閒聊；然後又扯一堆滿月酒、男生女生都好的廢話。

肯定在所有事情後，他會補給女朋友一個很不錯的婚禮吧。

「我們有派人保護他女朋友，她很理解向振榮的工作。」當警察的眷屬就是這樣，虞夏當初也看過他大嫂每天戰戰兢兢在門口等人的畫面，外面那個渾小子出生後，就看著女性抱著小孩等待；等小孩長大一點，就是牽著小孩子在門口玩耍，依舊等著人回家。

雖然虞佟有講過不要等，但是直到死亡那天的前一天，女性還是牽著小孩，在門口笑盈盈地歡迎他們回來。

虞夏本人其實並不後悔選擇這條路，只是偶爾在修理那些糟蹋家庭的犯罪者時，會突然想到他哥如果當時就這樣順利大學畢業，找個一般、穩定的好工作，朝九晚五下班後陪在家人身邊，固定假日就高高興興全家出去玩，是不是能比現在更好？

「你的表情很像是在想虞因和他父母的事。」

一邊的東風冷不防這樣開口，回過神的虞夏轉過去看著男孩，「你還眞會看人臉色。」

「……你不覺得人很可怕嗎，如果無法猜測對方的想法，是很恐怖的事情。」自然而然地，東風這樣回應。

「基本上完全不覺得。」通常虞夏都會一拳揍倒對手，對方要出現什麼表情他管不著，反正犯罪還敢逃就是打啊。

「……」東風突然覺得和拳頭派講這種事情很蠢。

「而且，在我家你不須要這樣，不管你在外面還是以前發生什麼，你只要記得一件事就好。」虞夏看著其實和虞因差不多大的孩子，非常認眞地開口，「全天下最不可能害你的人都在這邊，這點不管如何都不會改變。」

「……嗯。」

□

虞因走至玄關處，邊聽著客廳裡隱約的聊天聲，邊接起手機。

很快地，接通的另一端傳來小海有精神的聲音，「幹，老娘還以爲要中午才可以打這通電話。」

一開頭就被髒話問候，虞因愣了大概兩秒才反應過來，「……妳不是要氣質嗎？」

「老娘從昨天到今天掛了快一打的怪小孩，氣質已經燒光了！明天的明天才會長出來！」

「什麼啊。」虞因有點好笑地搖頭，乾脆坐在鞋櫃邊，「妳沒事吧？」

「啥？老娘有說我有事嗎？也就脫臼，已經接回去了，ＯＫ啦！害我脫臼那個，恁祖嬤把他塞在水溝裡！帕嘰帕嘰跟他朋友作伴！」

「什麼東西帕嘰？」虞因還眞搞不懂對方的意思。

「嘎爪啊！你不知道水溝蓋掀起來超多嗎，人壓下去時會──」

「對不起我錯了，是說妳有什麼事要告訴我嗎？」不太想聽後面生動的形容，虞因連忙打斷人類和蟑螂的友好傳說，問回正題。

「喔，就是昨天怪。老娘總覺得有幾個人是衝著我來的，昨天收店後，老娘本來要回去睡覺，結果突然被人圍了……這地方敢圍我的不是死了就是還沒出生，反正叫小弟收拾掉他們，結果我家門口還有第二批。」

「怎麼會連續圍妳兩次？」聽起來好像真的不太對勁，虞因問道：「妳最近有得罪人嗎？」

「你是問哪個？」

「……請繼續。」好像不應該問道上的人這種問題。

「反正我照樣把他們軋了，裡面有個死屁孩身上有個刺青，就是條杯杯他們這陣子在找的那種。老娘把人捆了，算時間應該差不多快要到你家門口……」

還沒叫對方不要用這種人肉快遞，虞因突然手一空，手機被人向後抽走；猛一回看，就看見虞佟拿著他的手機講了兩句話，手機裡還傳出小海的驚叫聲，估計她被埋伏都沒嚇這麼大。

「大爸？」哪時候來的啊！

虞佟拍拍自家兒子的肩膀，逕自和電話那端的小海交談起來。

看樣子可能還要說一段時間，好像有聽到什麼把人轉寄到警局去之類的，於是虞因起身，往廚房的方向走。他家兩個大人都醒了，看時間還早，就快點去幫聿準備點吃的，大家還可以一起吃個早茶什麼的也不錯。

走出幾步，他突然聽見輕輕的咳嗽聲。

和前幾次一樣，從空氣中傳出，距離不近也不遠。

四下張望，什麼也沒看見。不過既然已經鎖定對象，虞因突然不想放過這次機會。看看走廊和客廳，而聿在廚房裡，他乾脆走上二樓，直接回到自己的房間裡。

咳咳……

果然跟上來了。

「您是……安老師嗎？」

那瞬間，房內光影似乎動搖了下，即使是白天，卻覺得窗外透進來的光突然變得黯淡。

「我是東風現在的朋友，如果可以，我希望能夠從旁幫助他了解這些事——」

話還沒說完，原本緊閉的門扉突然傳來怪異的細微開啓聲。

不知何時，門下的縫隙出現了一灘血液，像死水般靜靜伏貼在地面凝固不動，暗沉的顏色傳來了刺鼻的腥臭味。

像是要迎接他一般，門就這樣緩慢地開啓了。

周圍的光那瞬間完全消失，相反地，從門後傳來微弱的光線，微小得好像隨時會消失。

虞因吞了吞口水，因爲他知道門後是什麼，而這次顯然比上一次更加清楚。

輕輕開啓的門後出現的是張椅子，如同先前般，承載了一具女性軀體，雖然被頭髮與椅背遮掉大半，但下方看見了粉色洋裝的裙襬，蒼白的雙腳。

無力的頭顱被切開後，倒掛在椅背上。

在血液沾黏交纏的黑髮中，虞因首次發現女性的雙手被反折綁縛在椅背後，使用的是紅色的塑膠繩，剩下的繩球被隨意扔在血泊中。

大量紅色血液像是地毯般覆蓋了地板。

女性的五官依舊是許多黑色的深孔，不論是眼睛、鼻子、嘴巴，全都是黑黑一團團的，好像被蟲子給深蛀侵蝕，根本無法看出原本眞實面貌。

這一切的畫面像是照片般被凍結住，時間靜止在那瞬間。

而虞因只能站在原地，無法移動腳步，所見事物很有限，如同嚴司所說的，桌上點心、茶杯，擺放整齊不見被人破壞過，也看不見打鬥、掙扎。

「我想幫忙東風……」

咳咳……

低低的聲響從自己身邊響起。

「請妳……」

「你在幹什麼！」

猛然出現的聲音打破了所有黑暗，門內所有事物瞬間全部消失，這時虞因才赫然發現自己竟然已經站在房間外的走廊，面對的是自己的房間。

轉過頭，看見的是站在樓梯口、臉色蒼白的東風。

改裝的機車引擎聲急逝於街頭一角。

察覺自己反射性看向那個方向時，玖深有點好笑地邊搖頭邊轉回，「不好意思啊，讓你請了一頓午餐，阿柳果然是大好人。」

「嗯哼，明天換你請啊。」阿柳趁著忙碌中的休息時間，直接把這個連早餐都省去的傢伙給提出來，拖著去附近自助餐打個牙祭，「別因爲有進展就又連吃飯都忘記了，死在研究室裡面要清理屍體、找道士來收魂的是我們，很麻煩耶。」

「我會盡量不要死在實驗室……」等等，這種回答好像也不對！玖深頓了下，連忙揮掉什麼道士、收魂之類的，「說起來，黎檢拜託我們的那件事總算有進展了，沒想到會在最不可能的地方找到頭緒啊……」

「你是說十年前那個？」阿柳手上分到的目前倒沒有值得講的。

「對啊，當年不是有很多樣本嗎，但當時實驗室都沒有找到特別的跡證。所以我就請黎檢給我相關人員的清單，找到了當年研究室的人，去電詢問後發現一件怪事。」玖深這幾天都用自己私人時間在處理這件事，雖然覺得很累，但還是很有價值，「那個案件好像受到什麼壓力，後來不了了之；大概過了兩年吧，最初承辦人員中有名員警不幸過世，死因倒是很普通的意外事故，被酒駕撞上什麼的。」

「然後？」既然對方會特別提出來，阿柳相信應該有什麼相關。

「那名鑑識私下和員警有交情，好像是同期吧，爲求謹愼，所以他特別處理過車子和當時車禍所有相關物品，結果發現車上的夾板裡竟然有一些調查安天晴的檔案，當中也有些不明樣本；他沒把東西呈報上去，偷偷收了下來。」玖深拗了已經調到其他單位的人很久，才收到對方寄來的資料，「我把這些和老師那邊的樣本相互比對，結果發現——」

玖深的話還沒說完，猛烈的煞車聲直接從他們旁邊的馬路傳來，把兩人嚇了一大跳。

機車與重機猛地停在路旁，一前一後拿下安全帽。

「喔，好久不見。」比較年長的男性朝玖深一揮手。

「欸？大溫？」玖深有點訝異會在工作區域附近看見對方，往旁看，另外一個果然是宋鷗，連忙打過招呼。

「剛好路過看見，現在過得如何？」大溫衝著青年爽快地一笑問道。

「就……認眞努力工作。」玖深想想，補充：「腳已經好了，那時候眞謝謝。」

「不用講客氣話啦。等所有事情都過了，哪天你無聊沒事幹，再出來看夜景吧。」大溫拍拍玖深的頭，還是感嘆了下為何這樣子的會是警察，明明給人感覺是一般的溫和小上班族啊，「好了，不耽誤你上班，快回去吧。」

「咦？喔，好。」玖深看看的確休息時間差不多了，也不好意思把阿柳晾在旁邊太久，便先朝兩人道別，「有空再聊。」

不過，他所謂的所有事情過了是什麼意思呢？

走出好幾步後，玖深才疑惑地想起剛剛的對話，回頭看，大溫和宋鷗還在原地，不知道在交談什麼。

「你當心遲早有天眞的被賣掉。」走在旁邊的阿柳朝旁邊沒自覺的傢伙拍了下，深深覺得這人到現在還沒遇到凶殘的壞人算計他，也不知該不該說是老天有保佑。

「欸？什麼？」又是被賣掉？

「唉……」

看著兩人走遠，大溫和宋鷗才收回視線。

「眞不想管條子的事。」對警方還是沒太多好感的宋鷗嘖了聲。

「小袁特別通知我們走這趟，畢竟玖深是朋友，就算小袁不冒險打這通電話，我們的立場也不能放任不管吧。車隊事自己解決，之前他們怎麼對你兄弟，還讓他們繼續囂張嗎。」大溫重新戴上安全帽，將龍頭調向，「你看，狗鼻子都出來了。」

宋鷗懶洋洋地偏過頭，看見了下一條巷弄路口處，停著兩部陌生的改車。

青色和黃色的改車騎士視線落在已經走遠的玖深與阿柳身上。

今天一早，宋鷗和大溫不約而同收到了袁政廷的電話，對方打得很急促，讓他們今天特別走這趟盯著附近。

「附近有警局，別鬧得太大。」宋鷗拿出手機按了幾下，開始聽見由遠而近的各種車輛行進聲響。

很快地，十多部機車包圍那兩部改車；意識到自己被盯上的兩名騎士立刻採取反抗動作。

但在真正回擊前，人數眾多的車隊就將兩人給踹下車，用力按在巷內路上，刻著痕跡的槍枝落在一旁，填滿了子彈。

「林宇驥的兄弟果然夠力，你一發話，還真來不少人幫忙啊。」大溫有點感嘆地說著，就算朋友死了，那些情分還是會留在感念的人身上。

「笑話，這支車隊最早可是我們帶起來的。」他找回來的，當然就是當初元老級那些幫忙保護車隊的朋友。

宋鷗直接走上前，看著兩名被打到鼻血直流的金髮少年，面孔都非常年輕，肯定還未成年，手腕上還有幾個注射孔，口袋翻出來的是好幾張千元大鈔，凶狠嗜血的眼神凌厲地瞪向他們，讓他想起了路上亂咬人的瘋狗，也是這種樣子。

「呦，帶槍啊。」宋鷗拋著地上拾起的槍枝，冷冷地俯瞰著地上小屁孩，「你們兩個不知道規矩嗎，帶著槍就要來佔地盤？誰教的？」

「幹！」其中一名少年飆出髒話，接下來又幾句不堪入耳的謾罵。

宋鷗聳聳肩，退出彈匣，倒出子彈，只留一發在裡面，重新裝填回去，「我把這槍上膛之後塞在你屁眼裡，你猜會發生什麼事？」

少年再度飆罵各種髒話。

「小宋，警局那邊有人出來了。」站在宋鷗身邊的男性低聲說道。

「ＯＫ，兩個都拖走吧。」宋鷗並不打算把人交給警方，有趣地看著嘴皮很硬的小孩們，「抱歉啊，我的作風可不是一太那麼溫馨的作風，既然你們不乖乖供出是誰要你們來鬧地盤，我們就慢慢玩吧。」

然後，車隊離開了。

最後警察到達巷子時，就只剩下青色與黃色的改車。

空無一人。

□

室內氣氛有點緊繃。

送完虞佟、虞夏出門返回工作崗位，虞因走回客廳，整個空間安靜到冰點，聿趴在沙發前看平板，而上午在走廊撞見自己的東風再也沒講半句話，現在坐在落地窗前，不知道在想什麼。

「欸……我等等得去打工的地方一趟，你們兩個應該不會亂跑吧？」雖然學校那邊暫時可以騰出時間，不過工作可不能亂請假，虞因只好看著聿，開口：「沒事的話乖乖在家待著。」

「我要回去一趟拿東西。」坐在一邊的東風站起身，回頭，「請外面的警察一起回去就行了吧。」剛剛虞夏一提，他也想起該回去拿點日常用品，現在用的是之前住宿暫借放的，換洗衣物肯定得拿了，還有電腦裡的工作清單也必須弄一份過來。

「出門前要通知我二爸。」

「……」

虞因出門後，屋內就真的陷入名符其實的一片死寂。

看看時間也不早了，東風直接起身去整理，揹著背包走到玄關時，果不期然看見聿已經在那邊等待。

鎖好所有門窗大門、離開房子時，就在附近待命的員警已經把車開到門口，應該是虞夏接到電話後有交代，所以什麼也沒問就讓他們上車了，接著便一路直駛東風住處。

那天莫名其妙的少女在他家飛出去墜樓之後，東風就沒再回去自己的家，一方面是直接被虞因給扣住了；另一方面就是舒星瑀的問題，還有連串事情陸續發生，轉眼就這樣過了幾日，直到現在才能自己看看住處被搞成什麼樣子。

繞過封鎖線、打開屋門後，迎面而來的是走廊到客廳牆邊平常放置雕刻物的幾座鐵架被翻倒、連帶上面的物品也全數砸在地上的畫面。

雖然已經看過自己住所大混亂的照片，不過真的親眼看到，果然還是有種不爽感直衝腦頂——真不知道自己是倒什麼楣，自從遇到這票人之後，感覺運氣像是自由落體一樣降個沒完，都不曉得什麼時候會碰到底、還能有多糟糕。

「快點吧。」站在一邊的聿開口小聲催促不知想在門前站多久的屋主。

東風踏進屋裡後，盡量沿著牆邊走。

先前虞因很喜歡看的那些亂七八糟的怪異生物都被壓在鐵架下，土塊碎裂飛濺得到處都是，一隻爪子剛好埋在其中；隔壁放置各種人像的鐵架也都被推倒了，另外，對面牆、擺放著商家訂製的物品也……

看著這兩年住在這邊打發時間的成果差不多都毀光了，東風盯著很難收拾的混亂半晌，思考著這些似乎也是在提醒他時間差不多了吧。

移開視線，走到電腦邊，先把硬碟拆出來放到背包裡，接著進房翻出幾套衣物，從床底下拖出旅行袋，開始認命地塞日用品。

聽見後頭有細響，回過頭看見逕自走進來的聿，載他們來的員警就留在門口等待。

聿有點可惜地低頭看看被砸在地上的書櫃，有幾本原文書他還沒看過，被壓在底下，精裝外殼已經扭曲變形了。還打算把手邊的看完，再拿來換的……

「再訂就有了。」吃力拖著行李走出來，東風看了那些書一眼，倒沒有什麼想法。

聿接過有點重量的行李袋，直接揹到身上，「走吧。」

「等等。」

環顧屋內空間，東風瞇起眼睛，「你們再等一下。」雖然被砸得亂七八糟，但扣掉這部分，許多地方與他前幾天出門時不太一樣。

他確定電腦被動過，滑鼠和鍵盤的位置有被移動，不過他離開時有設定安全鎖，還不至於短時間裡被攻破；另外，桌上那些黏土用品位移了，放置在桌邊的書本也都被翻落到地面，看來入侵他家的人很妥善利用時間到處亂翻東西。

櫃子抽屜也無一倖免，雖然裡面並沒有太多重要的物品，但被陌生人這樣徹頭徹尾翻過，果然還是感覺非常噁心。

最後，他在窗邊看著意外仍非常整齊的鑲嵌裝飾箱子，幾乎像是沒被觸碰過似地，穩穩放在原本的位置上。這是先前虞因特地拿來送他的，是第一批畢展作品的試作，展完後分送給不少人；大小與學生書包差不多，說是可以裝點雜物或小東西什麼的，硬塞給他一個。

打開箱子，裡面存放的東西還很整齊，似乎是唯一沒有被翻過的——也或許是在翻到這個箱子之前，入侵者就被殺了吧，另一名凶手目標應該不是這些東西，就無視了。

大致上巡完屋內，東風便退出屋子，重新鎖上門。

正在等電梯時，隔壁住戶突然打開門。

看見一群人在電梯前，張閔也稍微愣了下，幾秒後立即反應過來，「啊，你回來拿衣物啊？」

聿見過這人幾次，點點頭表示招呼。

「你們等等，剛好我家煮了鍋甜湯……艾艾、艾艾快點把鍋子拿出來……」

還來不及阻止男性往回跑的動作，東風無言地聽著屋裡乒乒乓乓的各種動靜。沒過多久，張閔拿著包東西出來，還直接按在東風手上，「帶回去大家一起吃吧。」

「……謝謝。」看來好像沒有拒絕的餘地，東風也只好道過謝。

「不用客氣啦，都是鄰居，那我也去跑步，改天見啦。」

□

晚間回家時，虞因邊把摩托車牽進前院，都還沒停好就看見小海的野狼已經囂張地佔據他的老位置了。

可能是因為上午的事情，所以她才又跑這趟吧。

其實前陣子一直沒見到小海，虞因也不曉得是怎麼回事，就覺得女孩好像比較沒精神，不過這次爲了舒星瑀的事情，似乎又好很多。

打開大門時，聞到的是陣陣晚餐香氣。

「呦！你回來啦！」

正好一腳踏出客廳的小海直接朝他一揮手，「飯剛好都熟了，你一定很貪吃才會把時間算這麼準。」

「……誰貪吃啊。」虞因有點想白眼給對方。

「嘿，能吃有什麼不好。」小海聳聳肩，晃到一邊，「那個恁老師找到了喔～」

「什麼恁老師……啊！人家姓林啦！沒禮貌。」虞因頓了下才驚覺對方在講什麼，踢掉鞋子，直接走過去，「找到了？」

「嘿啊，老娘剛來時，聽那兩隻小的說啥他們在網路上查到恁老師現在的學校，本來想說殺去找妹妹通知啦，但又不能三貼，只好先吃晚餐。」補完眠，打算上班前來問問進度，小海正好趕上人家的吃飯時間，就順便賺一頓了。

快步走進客廳，果然看見東風正在用聿的平板。

東風稍微抬頭瞄了眼打工回來的人，指指桌上的紙張，「林鴻志現在任教於花東的一所高中，下午我們去電詢問過了，對方似乎沒有意願跑這趟，還說學校裡的寶物在七年前，他已經帶著學生都挖完了，並沒有留下其他東西，希望我們不要打擾死者家庭。」

「好像在預料中。」虞因沒有覺得意外，早就有心理準備會被拒絕，畢竟都那麼久以前的事情了，一般人也不會因爲這事千里迢迢衝回來吧。

「欸～那星瑀要找的該不會眞的早就被挖了吧～」小海嘖了聲。她一開始都只想說舒星瑀要找東西，趕快幫忙找。現在看來，可能就如東風他們所說，早在當年就被拿走了。

「不論如何，看來雕像下確實是沒東西了，就這樣告訴她吧。」東風抬起頭，看著後面有點失望的小海，「畢竟那張明信片也不是給她的，寫的人應該沒在上面寫是要給妹妹的吧，只是她自己一廂情願想要證明點什麼，就算眞的有寶箱又如何？」

「會有感動啊～我本來想說姊姊特別留了禮物，找到應該會很高興的，就像一些人在講那種啥浪漫的，眞的有也很好啊，可以鼓勵妹妹。」沒想那麼多的小海抓了抓下巴，歪著頭想想，「不然，你們覺得我們現在埋個新的進去，會不會像是以前放的？」

「……別作夢了。」東風直接一桶冷水潑過去。

「是說，其實我還是想帶舒星瑀去挖看看，她那麼努力，就算最後什麼也沒有，至少她能親眼確認，不是嗎？」虞因聽見後頭有細響，偏頭看了下，看見忙完的聿拿著一盤餅乾走進客廳，估計是想等他們討論完再吃晚餐，「雖然最後有很高的機率會落空，但起碼她認眞地去做了，她一定也做好什麼都沒有的準備了吧。」

「從一開始就是她自己莫名其妙在堅持這件事吧，還什麼認眞去做，眞是浪費時間。」東風冷哼了聲，還是覺得煩。爲了證明點什麼，難道眞有寶箱就能改變她自己消極的態度，以及那些不滿意的生活嗎？

「不過也因爲她的堅持，那隻網蟲的事情才曝光吧。雖然現在還不知道調查如何，但她的確也做到了些什麼，讓她親眼確認、陪她一起做完，也算是給她的謝禮啊。」虞因笑了下，倒不覺得有什麼浪費的，「就算最後什麼也沒有也沒關係，本人覺得値得，就可以了。你不覺得嗎？」

「我……算了。」東風並不想繼續和對方爭辯這類事情，覺得有點累，便直接乾脆打住，「先吃飯吧，既然小海也在，乾脆今天晚上就把寶藏給解決了。」

「咦？」虞因有點意外。

「那個林致淵既然可以向警衛弄到鑰匙，大半夜在學校裡自由亂跑，叫他幫忙讓我們去挖草坪，應該不是什麼難事吧。」

「其實這事情有點難呢。」

晚上突然收到人家拜託他去說服給挖草坪，莫名其妙的林致淵看著眼前的一群人，覺得有點好笑，「學校是不同意我們隨便亂挖啦，不過要找東西的話，可以用東風說的備案，拿細鐵棒往土裡戳，這個是能做的。眞的找到寶藏的話，我們再挖吧，有東西比較好交代。」

一起被找過來的舒星瑀也沒料到就是今晚要找寶物，原先還以爲能看見姊姊的老師什麼的，超展開的後續讓她有點驚嚇，幸好今晚父母加班，不然眞的完全出不來。

「我就知道挖草坪沒這麼容易。」畢竟是學校，果然還是不想給外校人亂挖……就算是學生也不能亂挖吧。不過既然可以探測，虞因也覺得差不多了。

「來來來，大家先一起幫忙吧。」小海拿出在路上買的一綑細鐵條，發給所有人。

「依照同學說的，姊姊和老師就算埋了物品，應該也不會太深，而且只會在雕像周圍，不用走遠。」爲了預防這群神經病沒想太多就把整片草坪給插過，東風搶白說道。

接下來的一段時間，就是各自探查草坪了。

因爲範圍不大，所以在深夜之前，一群人差不多確認了地底下似乎並沒有他們所想要的物品。

在快要十二點時，警衛跑來讓他們快點離開學校了。

「好像眞的沒東西呢，好可惜喔。」林致淵也抱著好玩的心態在這裡幫忙，一邊幫手回收鐵條，一邊和舒星瑀說著話。

「嗯……」

舒星瑀也說不上來自己的心情是失望還是怎樣，就是默默地抽起自己插下去的鐵條，

「看來已經沒有寶藏了啊……害大家跟著白忙一場……」雖然早就有心理準備，不過勞師動眾卻什麼也沒有時，果然眞的有很重的失落感。

「這也沒辦法，畢竟都是七年前的事情了，說不定那份寶藏早就被拿走，別太失望。」

林致淵摸摸女孩的頭，把鐵條交給小海。

舒星瑀低下頭，有點害羞地縮到小海身後。

「既然沒找到傳說中的寶物，那就讓老……讓我請你們去吃個好料的吧，慶祝什麼都沒有！」小海一把抱住小男生、小女生的肩膀，大剌剌地往校外走，「還有慶祝一下大家今天同心協力！」

虞因好笑地看著小海把兩名學生挾著走遠，抱起那堆有點重量的鐵條，思考著不知是

要小海帶回去還是丟在這邊資源回收……讓小海帶走好像有點可怕，不知道她會用在什麼地方，說不定會看到什麼社會新聞有人被插鐵條——還是拿去資源回收好了，反正都是花自己的錢。

「我們也……你們怎麼了？」都已經看不見小海等人了，虞因一回頭，突然發現聿和東風似乎還沒有想走的意思，兩人都站在雕像前不知道在想什麼。

聿看了眼虞因，想了想，推推對方，「回家說。」

「咦？」虞因愣了下，滿頭霧水。

「先走吧。」東風大致上也證實了自己的猜測，不打算繼續待著。

其實有點不解這兩隻在幹嘛，虞因讓聿推著走了幾步，才打算要去資源回收桶一趟時，突然聽見後方傳來很大砰地一聲。猛一回頭，居然看見東風在他們後面摔個狗吃屎，還差點撞到雕像，幸好沒眞的一頭撞上去，不然等等就不是去吃宵夜，而是去急診吃消炎針。

「沒事吧！」虞因立刻丟開鐵條，馬上走回去拉人。

「……好像被什麼拉到。」毫無預警，本來也打算跟上去的東風，那瞬間覺得被什麼扯了腳，一個重心不穩往地上趴，暈眩持續了好幾秒，才甩開眼前的黑白眼花。

「我看看。」虞因和聿一人一邊把東風扶起來時，很自然地往後一看。

一灘黑色的東西就貼在雕像邊的草坪上。

沒仔細看還沒發現，幾乎快融入深夜中的物體並沒有被手電筒照出來，在手電筒光移開後，反而看見了模糊的形體，感覺很像一球融化的冰淇淋還是什麼的，體積不大，就是一、兩個手掌的大小。

意識到真的有東西在那邊時，虞因先嗅到的是從夜風中一起傳來的腐朽惡臭，似乎是某種東西爛掉的臭氣不經意竄入他的嗅覺裡，還沒發出乾嘔表示不快，味道又立即消失。

「什麼在那裡？」東風並沒有看見任何東西，順著虞因的視線看過去，「形容？」

「可以不要老是在『本人』面前形容『本人』嗎……」虞因雖然還搞不清楚那坨東西是什麼鬼，但多少可以感覺到有視線正盯著他們看，還是不太友善那種。

「那個『本人』還在？」

「廢話。」虞因看著草坪，發現那坨東西竟然緩慢地朝他們靠近，而且隨著每次移動，那玩意似乎就稍微具體了點，慢慢從黑色裡伸出了不太清晰的男人手指，帶著黑色液體摳著地面繼續移動。

就在物體要靠近他們之際，猛地發出類似尖銳物品刮過塑膠的奇怪尖細聲響，突然消失不見了。

「幹嘛在這裡啊！我們在外面等很久耶！」

去而復返的小海遠遠跑過來。

因爲帶著兩名學生，吃宵夜當然不能跑太遠。

在林致淵和舒星瑀的介紹下，最後幾人步行到附近幾條街外的有名豆漿店打牙祭。另個原因就是這裡離舒星瑀家比較近，且是唯一道路，她可以留意父母會不會突然返家。

女孩擔憂的舉動，讓其他人也有點好像在當小偷的錯覺。

「妳父母真的好嚴喔。」林致淵看著同校女生頻頻探看馬路，畫完點餐單交給其他人後，順口聊了起來，「雖然這時間在外面也不對啦哈哈，我是跟家人說要住朋友家。」

「嗯，大概是我比較笨手笨腳……」

可能是因爲有小海在且這兩天和大家見過幾次面，確認了幾人都很友善後，舒星瑀也沒一開始那麼畏縮了，能聊的話也多了起來，「不管做什麼都做不好，從姊姊還在的時候就這樣了，國小那時候還差點被壞人綁架，剛好姊姊在路口看見我要上別人的車，衝出來阻止……後來被媽媽罵得很慘……」

「這還真的很危險，真的不可以亂上車啊。」虞因聽對方的敘述，也是直搖頭。他家從小就有教育不可以亂和陌生人走，如果違反，下場就是回家會得到不乖的報應。

坐在一邊的小海瞇起眼睛、靠近女孩，語氣陰森地說道：「我教妳，以後如果遇到那種誘拐的，就朝他眼睛來一下——」

「喂喂，別教別人做危險的事情啊。」虞因總覺得殘害別人這手法耳熟到不行，眼神死地打斷小海的凶猛教學。

「這很有用啊。」小海聳聳肩，「以前不知道在哪邊聽人說的。」

「妳不會真做過吧？」虞因看著真的很有可能實行的女性。

「當然沒有，我都直接——」

「好了好了，先這樣吧。」虞因打斷小海後面可能更凶殘的話，把話題轉回原本在聊的事，「所以妳父母從那時候開始對妳嚴格的？對姊姊不會嗎？」想起之前東風對於女孩的猜測，他假裝好奇地問著。

「畢竟姊姊沒有我這麼掉根筋啊……」舒星瑀拿著米漿，有點不好意思地低下頭。

「是從誘拐那次開始的嗎？」坐在一邊的東風冷冷開口。

「咦？是啊，好像就是從那時開始有門禁的，以前沒有。」女孩愣了下，很快點點頭。

「妳以前有亂上過別人的車嗎？」

「唔……記得沒有，就是那次，但我總覺得我不是故意的……也不知道爲什麼……」舒星瑀苦惱地再度縮起來，聲音越來越小，「我也跟媽媽說過不是故意的……」

「不用去想當時道歉解釋那些多餘的事情，妳只要先回想小時候在家附近玩，上學、放學這段時間。」東風稍微停頓了下，直直盯著對方的眼睛，「妳見過幾次那部車子？」

「車有……」虞因轉過頭，訝異地正想詢問，一邊的聿拉住他的手，比了「先安靜」的動作。

「那部車是什麼顏色？車型？」東風無視其他人的視線，繼續詢問。

「……好像是鐵灰色的車，舊舊的，就是一般的小客車吧？我記得路過時，常常看見擋風玻璃前有隻兔娃娃……這樣一說，其實我見過那部車好幾次耶。」舒星瑀猛然驚覺地瞪大眼睛，連忙握緊拳頭，音量稍微大了起來：「我記得放學時看過幾次，還想說是兔兔車，對方開門時才想看看兔兔！所以我跟媽媽說我不是故意的，我眞的不是故意的，我以爲那是附近鄰居的車子！」

「嗯，先這樣，我出去透口氣。」東風拍拍舒星瑀的頭，打過招呼便站起身，逕自往店外走去。

這時店內人還不少，大多是附近夜貓子居民或是甫下班的加班族，每個人都不約而同地聚集到此處尋找能撫慰飢餓的溫暖食物。

才剛經過正在蒸包子、有些微熱的門口，果然聽見身後有人跟上來的聲音。

東風沒有回頭看，拿出手機，撥了虞夏的電話。

「車子有問題嗎？」虞因停在友人身邊，隨口問道。

「或許吧。」東風低聲回應對方，在手機接通後，直接開口——

「請查看看曾建哲名下是否有一輛灰色的小客車。」

8

「曾建哲名下的確有輛灰色小客車。」

虞因送走了學生們，在深夜回到家後，收到虞夏傳來的訊息，還附上幾張照片，「二爸說後續處理出來的相片裡有出現過幾次灰色的小客車，大多都還載著不同的女孩。查了他的相關資料，那部車是從父親那邊繼承來的，你看相片。」

東風接過手機，看見照片裡的灰色車輛上果然擺放著一隻兔子，如同舒星瑀所說，兔子的位置的確在擋風玻璃前。

「不過車子不見了，負責偵辦的員警們也還在找，廢屋周圍並沒有那輛車，附近鄰居也說很久沒看過，還有人根本沒印象。」虞因稍微打了個哈欠，調整坐姿，讓自己更舒服地靠在沙發上，「這件事情，我先講講我的看法？」

「請。」東風把手機遞還給對方。

端著熱水和茶杯走回客廳的聿，直接往旁邊一坐，幫所有人沖泡飲品。

「曾建哲確定就是個網蟲，在網路上到處騙國、高中生少女。」看過照片，那些女孩的年齡其實差異不大，很顯然那條蟲有鎖定年齡範圍。虞因繼續說道：「包括姊姊，就連班上的季亞萱兩人也遇過，可見這人花了長時間掛在網上釣魚，還費心地把住處二樓布置成那樣，所以他極度偏執地一定要把人弄回家，這就不是約砲玩玩而已，明顯不太正常了。」

以約砲爲目的的話，就太過頭，所以曾建哲需求的並不只是找小女生發洩。

「他是想要殺掉到手的女生……等等，這樣說的話，拖上去三樓該不會是——！」猛然想到三樓那個大浴缸還有那堆血，虞因很希望自己的猜測是錯的。

「到目前爲止，恐怕你想的都算正確。」東風按著自己的手機，也把另一個猜測傳給虞夏，「而且那人堅持要把女孩弄回家，不惜裝潢二樓，保存所有記錄、又拍攝大量照片，看來有一定的控制佔有心態；再配合你看見的那些，我想屍體應該不會藏太遠。」

估計，就是從附近的空地，以及庭院找起了吧……

虞因嘆了口氣，其實還滿希望對方說自己全錯，不過事態已這麼明顯了，實在也無法往其他樂觀的方向想，「總之他不只是網蟲，估計還誘騙不懂事的女孩們離家出走，也提供逃家小女生住處和需求品什麼的，他家留給他的錢讓他可以買價值比較高的物品釣小孩子們上鉤，時間一到，就……」

「所以說，這樣就被騙的小孩們自己也太沒有警覺心。」能相信網路到如此徹底，還被網友騙得離開家、又或許是自己離開；貪圖那點金錢物質，甚至拿自己的身體當交換，讓人覺得很不可思議。有時候東風會覺得，這幾年來，小孩們的價值觀已經偏差成這樣，也不知道是誰應該要好好負責任。

「國、高中生也還不太懂事，眞的遇到狡猾的人，也難怪。」虞因搖搖頭，也不好講小孩們什麼。

「……有人丟個五萬，難道你就去賣屁股嗎？」東風冷眼看過去。

「絕對不可能。」虞因秒回答。

「那你去問問舒星瑀、方苡薰那些人這問題，不要拿不懂事來推卸一切，國、高中生已經能明白簡單的是非了。」東風可不覺得這是一句不懂事就能推卸的。

「唉，也不是人人都能做到啊。而且，她們也付出代價，付得太多了。現在剩下的，就是讓她們回家吧。」那些樓梯上的女孩們，已經沒有更多能後悔的機會了。虞因也不忍多說什麼，能幫忙做到的事只剩下最後那項，不管她們生前是好是壞，死後就不要繼續追究一時糊塗吧。

「……」

「對了，那麼他爲什麼對妹妹出手，我看小學生好像不在範圍裡吧？」虞因並沒有在相片中看見國小生，可見曾建哲不會對太小的孩子出手。某方面來說，對國小孩童出手，後果反倒更嚴重，還不如去騙那些已經能夠自主逃家、處於青春期又容易被煽動的女孩子。

「有幾個選項。一、他在跟蹤姊姊，同時確定舒星瑀是妹妹，好奇想接觸。二、他在跟蹤姊姊，而且姊姊與父母都知道這件事情，此後特別嚴厲管教妹妹。三、基於某種原因，他想藉由抓住妹妹做點什麼，可能是某種警告。總之，他誘騙舒星瑀上車並不是巧合，也不是隨機，這人行動方式都是先與對方混熟、接觸過，才誘捕獵物到自己的地盤範圍；隨機路上抓小學生基本上不太可能。」東風頓了頓，說出自己的答案，「還有四，以上皆是。」

最有可能就是，他在跟蹤姊姊時確認舒星瑀是妹妹，不巧父母和姊姊應該先前就發現這人在跟蹤，估計有做些什麼，所以才讓曾建哲決定誘拐妹妹，作爲那件事情的報復。

「你覺得我們去問父母，能問出什麼嗎？」現在總合起來，虞因覺得還是得找父母才能知道當年所有的事情，而且父母肯定知道。

但是舒家父母百分之九十九不會告訴他們這些外人吧。

「不去問舒星瑀父母，我們還有別人可以問。」

「咦？」

□

上午十點，咖啡店如同往常開店營業時，來了第一批早客。

「歡迎光……又是你們！」

季亞萱聽見鈴鐺聲，下意識打招呼時，才發現客人居然就是這兩天那批人。

「這次不是找妳。」東風看著對方手上拿著那塊手寫小黑板，「找你們老闆，這家店的登記人，你們以前的高中同學，胡寶兒。」

一開始聿盯著那塊小黑板並不是因爲貪吃，那天晚上他們就留意到小黑板上的字跡和畢業紀念冊裡，一些同學手寫的字體塗鴉很相似。

而且，也與他們拿到明信片上的字體一些小點撇很類似。有些字體可以仿，但固定筆畫習慣是騙不了人的，更別說是臨時要仿造了。

「妳告訴她，明信片上句子的寫法，乍看之下好像是舒星玲寫的，其實根本不一樣，她寫給全班的謎語更貼近同學，而且關心著他人。」並不打算給對方拒絕推諉的時間，東風很直接給上整串話語。

果然，季亞萱愣了幾秒，臉上浮現怪異的神色，接著便說道：「……你們稍坐一下。」

語畢，她轉頭和幾名員工說了話，那些員工面面相覷後把手上的工作都放下，推開大門魚貫離開店裡，經過訪客時還都很疑惑地多看幾眼。最後，整間咖啡店內就剩下虞因三人。接著女性把營業中的門牌翻成休息中，再筆直朝店後走去。

選了上次那個偏僻安靜的位子坐下來，虞因乖乖等待。

坐在旁邊的聿很自然開始翻起菜單，目光放在早上供應的甜點。

沒事幹的東風就打開自己的手機，對著裡面儲存的暗語繼續解謎。雖然虞夏有要求相關人士不要再找他做這些事情，不過知道的部分，他還是盡量破解。

而且，其實裡頭有部分是聿處理的，在語文、文字方面他不及聿精通。

約莫過了十分鐘，才看見季亞萱走了出來，朝他們點點頭便離開店家，出店門後還上鎖並拉下鐵門；接著，他們要找的人才現身。

那是名穿著打扮看起來都挺幹練的女性，一身黑色套裝配上略施的淡妝，感覺並不像這種走溫馨風咖啡店的老闆或店長，反而比較像是大公司裡的主管階級，隨時可以在商場上與人廝殺。

如果不是因為先看過畢業紀念冊能看得出輪廓，還眞難把這名女性與七年前那個不起眼的女學生畫上等號。

「你們怎麼知道我是這裡的老闆？」女性——胡寶兒輕輕走到眾人面前問道。

「門外的小黑板，字跡沒有改變太多，妳應該是上班前都會來這邊寫吧？妳的袖口有沾到一些粉筆灰。」東風看了眼後頭的辦公室。

「嗯，這裡是我以前舊家，前幾年全家搬走後，就改裝成咖啡店；目前我在外商公司擔任部門主管。」胡寶兒拍去手邊粉灰，抽出自己的名片夾，將名片分別遞給來訪的三人，「七年前的事，爲什麼你們要這麼緊追不捨？明明事情已經過去那麼久了，小星也已經離開，就算是妹妹的拜託也好，這件事情早就沒有查的必要了。」

「就別浪費時間，開門見山地說吧，主要是因爲我們循著地址去找曾建哲，在他家裡發現一些物事，讓我們不得不繼續往下找。」留意到女性臉色瞬間有些變化，不過因爲職場的歷練，很快隱藏了起來，又恢復成原本若無其事的模樣，於是東風繼續說著：「目前警方也在調查那棟屋子，在裡頭發現不少照片。如果妳知道什麼，何不幫忙做點好事？」

「既然你都這樣說了，那我也就直接回答。你不用繞圈子想套我的話，我們都知道那房子裡有什麼，當年湯……應該說是曾建哲，是非常有名的網蟲，他用不少化名在網路上欺騙女學生，而且用盡手段想要得到自己看上的那一些……沒錯，他有分爲玩玩和想要的兩種，大多數都是玩玩而已，少數會被招待到他家，就是很多女生期待的那種城堡般的房間。」環起手，胡寶兒異常冷靜地回應著對方的話，「不過一切都結束了，不是嗎。」

「如果妳能與裡面那位一起說明是怎麼結束的，這事情應該能畫下很好的句點。」

「……」胡寶兒瞇起眼。

「還有其他人嗎？」虞因有些擔心衝出來什麼打手。

「如果我猜得沒錯，那位是我們本來想找的，胡寶兒知道我們在找舒星玲的事情後，說不定會聯繫他，加上我們也打過電話了，不是嗎。」女性出來後，東風知道她一直在顧慮辦公室裡的人。雖然表現得不明顯，但不太自然的動作已經說明了還有他人在場。

「這些事情我自己說就……」

「寶兒，沒關係。」

打斷胡寶兒的是稍微有些沉的男性聲音，接著有人從辦公室裡走出。雖然年紀稍微增長了點，不過虞因還認得出來這男人就是畢業紀念冊上那個年輕老師，過了七年倒是更穩重了，原本只讓人覺得有氣質的面孔，在歲月洗練下變得更加成熟可靠，看來應該還是很受女學生的歡迎。

出乎意料的是，林鴻志身後還有另一名男孩，而且還眼熟到不行，昨晚就跟著他們在那邊挖土、吃宵夜的傢伙。

「不用驚訝，他們本來就認識了。」對於林致淵出現在這裡，東風完全沒有意外。

看旁邊的聿好像也沒嚇到，虞因開始思考自己是不是又被外星人偷記憶，爲何就只有自己不曉得。

「一開始我們談到老師時，他一點興趣都沒有，連名字都沒問，與這幾天過度熱情探問寶藏的事情一比較，不是很奇怪嗎，畢竟還是自己學校以前的老師。」別說沒興趣，提到時還有點冷淡，所以當下東風就已經懷疑了。

「眞是抱歉啊，學長。不過有一群陌生人突然問起七年前的事情，還是我哥帶過的班級，做弟弟的人會特別小心是正常的嘛。」林致淵聳聳肩，也不避諱地直接說出自己和身邊男性的關係，忽略對方有些冰冷的視線，「如果讓你們不愉快，我也道歉。」

「原來你們是兄弟啊。」雖然姓一樣，但虞因沒往這方面想，因爲名字完全沒關聯，而且又是很容易遇上的普通姓氏。

「嗯，我昨晚跟我哥說了去挖寶藏的事情後，他就連夜開車回來，沒想到你們動作還眞快，被堵個正著。」林致淵笑笑地回答，然後再轉向東風，「不過籃球場遇到你的事情是眞的啦，一開始我也和你一樣都不知道舒星瑀的事喔，所以沒預謀。」他是眞心地在打籃球時和同件們注意到那個遠遠的「女孩子」。

「等等，那你也知道七年前的事情嗎？」既然是兄弟，虞因突然有種該不會他們都被這高三生耍著玩的感覺吧，在學校裡轉來轉去，其實他都知道？

「致淵不清楚七年前的事，當時他跟我父母還住在外縣市，我隻身到這裡任職，他們是事發一年後才搬來，和你們一樣只知道我班上有個學生病死了，我帶著全班同學找寶藏這樣的事情。畢竟那張全班找到寶物的合照，現在還掛在我家。」林鴻志拉開椅子，讓胡寶兒先坐下，自己才在另一邊也落坐，「當然，他在這裡讀三年高中，完全不知道這家店是我以前學生開的。」

「是啊，我還和同學說以後要來喝看看，早知道和我哥認識，就可以問問能不能打折說。」林致淵笑笑地說完，看幾個人有正事要說，於是也主動地向女性老闆借了廚房，逕自避開去準備點茶水。

聽著廚房傳來細微的聲響，大致上搞清楚狀況的虞因，看東風又一臉不太想開口的表情，想想只好由他重提話題，「你們兩位都知道曾建哲的事，那之後呢？現在警察已經在調查，很多事情不可能繼續瞞下去。」

胡寶兒和老師互看了眼，想想、嘆口氣，「亞萱應該有告訴過你們，關於她遇見姓曾的所發生的事吧。」

「大致上描述過，後來她和她朋友坑了對方一筆。」虞因當然還記得她們看情勢不對就脫身的事蹟。

胡寶兒點點頭，開口：「就像剛剛講的，曾建哲只當她們是玩玩的，所以就不了了之，事後並沒有再對她們出手。但他卻很覬覦小星，交換住址後，小星認為他是普通筆友……小星在網路上交了很多朋友，她會配合不同人說不一樣的話，算是壞習慣，當中有些後來也和她有通信，大多只是節慶問候，更多的就沒了。」

「但曾建哲就這樣開始跟蹤她？」拿到了住址，虞因才不相信那種人什麼都不做。

「對，小星自己也發現這件事，一直到那個噁心的男人都到她家門口了，她才告訴父母。」胡寶兒撥撥頭髮，繼續開啓塵封在記憶裡的過往，「我聽說她父母找人把那個男的打了一頓，警告那男人不准再接近小星半步……這些都是她私下告訴我的，也的確有陣子曾建哲就消失了。」

「……不過後來就發生妹妹差點被拐上車的事？」這麼一來，他們推測的事就可以連起來了。

「沒錯。」這次開口的是林鴻志，「她父母打電話告訴我，有個變態在跟蹤舒同學，所以那段時間是我和她父母輪流送她回家。當時我送舒星玲到家附近時，正好看見她妹妹要上曾建哲的車，舒同學尖叫衝過去制止，我則是把那個男的拖出來，不過還來不及報警就讓他逃了，也沒確切證據說他要抓妹妹，只能就這樣。」

聽著他們說的話，虞因瞄了眼東風和聿……果然相差不遠啊。

「不過就在高三下學期，有一天我接到舒媽媽的電話——那天舒同學身體不舒服待在家裡休息，父母外出工作時，曾建哲竟然趁沒人在家，大膽地潛入想要侵犯我的學生，幸好附近鄰居聽見尖叫，衝進來幫忙。但是當時因爲想掙扎逃走，舒星玲一個不小心從樓梯摔下，受了不少傷，加上差點被那垃圾得手的害怕所刺激，原本的病況急轉直下，在畢業之前、病死了。」緊握住拳頭，林鴻志咬牙，極力忍住情緒，「她一直拜託我幫她一起藏寶藏，因爲她可能不能親自送同學畢業禮物。我生平第一次帶班級，竟然要用燒的才能把畢業證書送到我學生手上，就是因爲那種垃圾！你們知道那是什麼感覺嗎！」

「老師……」坐在一邊的胡寶兒有些擔心地按住男性的肩膀。

「而你們這些小孩，只想要挖什麼寶藏玩……」林鴻志狠狠地瞪著陌生人，毫不遮掩地露出己身的憤怒。

虞因正想向對方解釋，身邊的聿猛地站起身。

「我沒有畢業證書，不知道把畢業證書燒給家人、告訴他們我畢業的感覺。」聿低聲地開口，看著眼前的兩人，「但是，我知道受害者想要得到幫助的感覺。那些死掉的女生，不能得到眞相嗎？」

有瞬間，胡寶兒和林鴻志露出訝異的神情，下意識地看向三人中年紀較大的虞因。

「……他是滅門案的唯一倖存者。」

虞因嘆了口氣。

□

「老大的手機在響耶。」

躲在質譜儀後，本來正在等結果的玖深，偷偷拉了拉一邊的阿柳，看向一樣在等結果、然後趁空閒時間趴在工作檯稍微補眠的某人，「偷過來，關掉？」才趴下去不到五分鐘就睡著了，可見最近一定操得很沒人性。

「你偷。」阿柳才不想去拔獅子的毛。

「我、我……我偷。」玖深掙扎了幾秒，決定冒險去偷手機，讓虞夏可以好好休息片刻。看看這人臉色都不太好了，連手機響都沒醒；雖然眼睛打開時大概全天候暴衝，但年紀也算有了，還是要讓身體妥善休息比較好啊。

玖深抱著這樣的想法，就覺得自己的勇氣提升了不少，從零點五提升到零點八之類的。

玖深抖著手，偷偷摸摸地縮著身體走到工作檯邊，慢慢去摸那支放在旁側的手機；也不知道算不算巧，手機也在同時中斷，再度恢復寂靜。於是他就蹲在旁邊，打開手機畫面，打算把鈴聲什麼的通通關掉，讓手機哀不出聲。

「你在幹嘛！」

「哇啊！」玖深才關到一半，突然被人從後面刮了後腦，猛地爆痛讓他嚇了一大跳彈起，接著撞到工作檯，砰地聲發出很可悲的巨響。更悲劇的是他跳完，摀著又痛又麻的頭時，才發現剛剛拿著的手機已經不見了，定睛一看，手機已經飛到彼岸……不是，手機已經飛到不遠處，還正面落地、不知生死。

戰戰兢兢地回過頭，他看見不知道什麼時候醒來的虞夏，也盯著飛出去爭取自由的手機，再轉回來時，面無表情地看著自己。

「我我我我我我我會賠一支新的給你！」玖深直接快速退到另一端，很害怕地看著手機主人，「款式隨便老大你指定！」

「那當然就買最貴那支啊。」阿柳完全沒同情心地往戰區丟一句。

「嗚嗚嗚那我這個月只能啃饅頭……」玖深流下血淚。

虞夏不發一語地撿回自己的手機，看著上面出現的裂痕，然後再轉回去看肇事者。

「最貴的那支也買！」玖深立刻壯士斷腕。先斷總比被斷頭好，眞心的。

「你的手機拿來。」虞夏冰冷地直接伸手，接過對方手機後換了卡片，再把損壞的機子扔過去，「拿去修。」

「下班馬上送！」幸好不是用手機插爆他的喉嚨，玖深有種撿回一條命的感覺，連忙把手機包好，小心地收起來。

虞夏開機後，正好接到再次打來的電話。

看著人離開工作室去外面接電話，玖深才稍微鬆口氣。

「對了，你不是要跟老大說那件事情嗎，就安天晴私人檔案那個。」那天雖然被宋鷗兩人打斷，不過阿柳也覺得檔案那部分其實很重要，但時間已經過這麼久，且又是承辦人員私下弄出來的東西，估計無法具有法定效力，只能作爲參考。

「喔對，想說要順便跟他講。」看了看時間，其實可以下班了，玖深思考著要不要乾脆約對方出去講。

才剛講到，外面的虞夏就按著手機走進來。

「曾建哲那個案子，阿因剛打電話來說找到相關證人。」雖然不是他們負責的案子，不過虞因還是繼續在找，虞夏邊說著邊把事情傳給承辦人員，也將對方說的事轉述給另外兩人聽，「七年前的班導師和舒星玲的朋友，貌似在畢業典禮結束的那天下午前往找曾建哲，想要求他去向病死的女學生上香致歉，後來起了衝突……」

按照虞因等人從胡寶兒、林鴻志那得來的說法。

當年舒星玲死後，同學們按照她的心願在學校各處找到了畢業禮物，然後一起將畢業證書燒給她。典禮當日下午，林鴻志與胡寶兒不約而同地各自前往曾建哲的住處，先到達的胡寶兒與對方起了爭執，稍後到達的林鴻志誤認爲男性正在攻擊他的學生，基於先前有過不愉快的經驗，林鴻志當場拿了屋裡的東西直接往曾建哲的頭部敲擊。

「不過兩人都發誓當時曾建哲還活著，林鴻志擊倒對方時，曾建哲還一度咆哮要攻擊他們；他們急忙逃離時，有看見那棟屋子的庭院裡有些不明的小箱子，上面有些疑似血跡的斑駁沾染，以及放置在一邊的挖鏟。」恐怕讓東風說中了，他們眞的得從房子周圍的土地找起。虞夏嘖了聲，「後來他們再返回時，箱子不見了，曾建哲的車也不見了，因爲林鴻志身爲老師卻出手攻擊人，最後兩人選擇什麼也不說；且當時他們沒意識到那裡面是什麼東西，就這樣離開。」

這件事情之後，胡寶兒在網路上探聽到一些女孩接觸曾建哲後消失的傳聞，當時曾流傳一組疑似屍體的相片，她才隱約猜到箱子裡可能是什麼東西，後來幾次回去探看，曾建哲卻已從此蒸發、再也不見蹤影，不管是網路還是現實，他就這樣消失了，不再出現。

「……眞是可怕的網蟲。」玖深還是覺得那種看不見臉的交友很危險。

「不過有點奇怪，既然他試圖攻擊過姊姊，也想誘拐妹妹，父母怎麼沒有報警？」阿柳聽到前半段時就很疑惑了，正常應該都會報警尋求保護吧。

「這點不太清楚，阿因也有詢問對方，林鴻志和胡寶兒都說不清楚，但是當時父母的確沒有報警，不過有找些朋友來幫忙看著。」乍聽下虞夏也覺得怪，可能舒家還有什麼不想報警的隱情？否則後來入室襲擊姊姊已經是很不得了的事情了，怎麼還不尋求幫助。

看來得就這部分注意一下才是。

「對了，老大，玖深有事情要告訴你。」

廢屋的事情大致有個頭緒後，阿柳將話題拉回他們這邊，「關於那個老師的……」

「等我一下！」

衝出工作室，半晌玖深夾著份檔案夾回來，然後遞給虞夏，「這是我聯絡上當初一名承辦人員，要來的。」

虞夏接過有點厚度的資料，翻看了一會兒，發現是有人在案發後私下調查安天晴。這份檔案並沒有呈報給當時的單位，裡面附有幾份製作檔案者自行查找的樣本，以及部分分析資料，看來這個人並沒有走正規管道，而是用自己的資源請人處理到手的物品。

檔案製作人員並沒有署名在上面。

「這名員警已經車禍亡故了，車禍本身沒問題，肇事者現在還在賠償家屬。」大致上解釋了下自己到手的過程，玖深從皮夾裡拿出和聯繫人員要來的舊名片，「他叫簡士瑋，當年好像才二十八歲吧，是這個案子的承辦員警之一，他同期說當年案子發生後，立刻有長官電話關切，承辦小組壓力非常大，簡士瑋當時就調閱了一些相關監視器，還有大樓周遭的各種記錄，因爲個人習慣便私下複製了一份當備份。」

虞夏看見檔案裡還附上了兩片光碟，估計玖深應該已經看過了，就不急著現在看，讓他比較有興趣的是樣本裡，有一小段菸蒂。

「這個是蒐證蒐到的，大樓樓梯間有幾根菸蒂，他那位鑑識同期剛好也協助這個案子，所以按程序製作樣本，後來檢驗時發現有點怪，特別又多做了一份。」玖深湊過去，很認眞地解釋：「東風不是幾天後提供一名高中生，直指他就是凶手嗎，不過就跟我們知道的一樣，有證人指稱那名高中生當時在校內。怪的地方就怪在簡士瑋他們帶回的這些菸蒂裡，有一根驗出是那名高中生的，也就是說他在某個時段裡，將菸蒂丟在樓梯間。」

當然，承辦人員也有問過大樓清潔人員。

虞夏翻了翻頁面，看見這份資料上的清潔人員口述當日上午至中午時，的確打掃過樓梯間，就像平常一樣還拖了地。

「等等，之前那份警方資料呢？」黎子泓拜託他們探查時，已經把警方手上的資料複印過來，虞夏等人也有拿到一份。

「我比對過，當初警方資料上有修正。案發兩天後，那名清潔人員改口說她當天偷懶，實際上並沒有清潔樓梯，她怕被大樓管委會扣錢才說謊。」玖深頓了頓，繼續說道：「還有其他人也是，過了幾天，學校的人作證他那天蹺課和朋友團混在一起，有主任也說的確有追他們抽菸。我分析了菸蒂樣本，確實也有那名學生的。」

「但是他的菸蒂應該不可能平白出現在那裡吧。」虞夏才不信有那麼巧合。

「當時好像是說，安天晴其實課後輔導很多學生，她班級那位也是其中之一，且有菸癮，老師死亡前後兩天他也有被叫去溫習作業，所以掉根菸蒂在樓梯間並沒什麼問題。」玖深看過大樓的監視器，的確有找到學生的身影。

「監視器的影片沒有作假，我們已經檢查過了。」坐在一邊的阿柳補充說明：「不過那棟大樓監視器壞了好幾支，只有大門和門前街道的能看。」

虞夏繼續翻看資料，發現簡士瑋這份幾乎都是最原始的檔案，不但有備份樣本，連最初的筆錄也全都含在裡面，與他們得到的的確有許多差異。

這件案子在事發後沒多久，就因為某些因素碰到「瓶頸」，不管哪方面都是，最後許多承辦人員被調離原單位，逐漸不了了之，成為懸案。

「老大，你相信人的記憶，還是照片？」

虞夏抬起頭，看見玖深非常謹慎、認真地問他：「你會相信靠記憶繪製的圖嗎？」

「我相信眞實。」虞夏翻到了檔案最後，那裡夾著許多相關現場照片，以及一張被摺疊起來的方形紙張。

打開後，是複印素描，約A3大。幾乎逼眞地完整複製現場狀況，包括安天晴的屍體倒過來的女性面部上有著死亡時凝固的極度驚恐表情，與一邊的相片所差無幾，但畫像上卻給人一種更難形容的眞實感，讓人能透過紙張感覺到亡者死前那份無助與害怕。

繪圖的右下角有一小塊地方糊掉了，像有幾滴水珠落在紙張上，造成部分毀損線條，但並不影響整體辨識。

「這是東風當年提供給警方的，但是和現場相片有出入。」

玖深接過圖和照片，將兩樣攤開在工作檯上，「你看這鏡子。」

順著手指看過去，虞夏看見在屍體前，套房客廳的牆上有放置全身的穿衣鏡，繪圖中的鏡子倒影內，在對面牆角地板附近有個小盒子，但相片上並沒有，不管是鏡子或是入室各處照的，全都不見小盒子，也沒類似的物品。

接著，是桌上其中一個馬克杯，圖上馬克杯手柄是向著左邊，照片上的卻是向著右邊。

除此之外，圖與照片上所呈現的畫面一分不差。

「黎檢手上沒有這張圖，別說原稿，連複製畫都沒有。」玖深檢查過所有資料、相關物品，就是沒有這張圖，唯一的複製品只存在簡士瑋的私人檔案中。

不要說圖，其實越查下去，玖深發現越多怪異的事情，包括不少樣本不是無故被污染廢棄，就是莫名遺失，登錄上有寫著，帶來的所有物品中卻沒有，查詢保管人員，對方也不知道怎麼回事。

「現在，你會相信記憶，還是照片？」

9

幾日後，新聞爆出某處廢棄民宅庭院與周遭廢地下，挖掘出不少裝放屍塊的箱子。

據報，警方原本是收到線報指稱此處有人利用廢屋作爲吸毒與藏置毒品的場所，稍作搜索後，竟發現所謂「毒品箱子」中，竟藏有已經乾枯的手掌，接著繼續開挖，找到更多不明來歷的屍塊，依照時間判斷已經有些年代，目前正擴大搜索中。

同時，涉有重嫌的原屋主因不知下落，警方呼籲曾姓屋主盡快到案說明。

「已經確定的好像有五個。」

將晨間新聞轉小聲，虞因偏著頭，看向坐在另一邊的東風，「我二爸說挖出來四十幾個箱子，都散落在屋子周圍，還沒挖完。還有就是，硬碟裡的資料後續又處理出來一點，有分屍照……就是在那個浴缸裡，那個人把女孩子殺掉拖到三樓切開，還把她們都照下來……」

這時，電視上的畫面出現了些許和屍塊一起放置在小盒子裡的東西，有些是小首飾，或是已經污黑的衣褲，其中一件被攤平在地上的紅色條紋上衣，記者報導說曾用於包裹屍塊。

「因爲是戰利品，就跟屍體一樣，他想要隨時都可以看見、重溫。」東風並不意外，淡淡地回應：「他就是那種人。」

「好像很多都是問題少女啊，聯繫上的幾名家屬都說她們早早蹺家了，其中一個還說女兒成天和流氓混在一起、被包養，早就不知道去哪了，還以爲跟流氓做地下了……唉。」因爲有找到頭部，承辦員警便核對了那些年間的失蹤少女，陸續找到了一部分家屬。虞因光是聽後續，就不知該怎樣形容感受，「也有找到一些當年被拍照的少女，和季亞萱她們差不多，部分是爲了錢和包包、名牌，在網路上和曾建哲來往，後來覺得對方佔有慾很強，上床時也有暴力傾向，就抽腳離開，算是比較幸運。」

不過讓人比較安慰的是，這些被找來的「少女」，有一部分就和季亞萱一樣，已經脫離荒誕的年輕時代，這幾年有些做了網路事業，有些開小店，有些重回學校修完課業，規律地在公司上班；也有些已經嫁人了，接到警方電話到案說明時，抱著已經會嘻嘻哈哈笑著的小嬰兒前往，她們已經與努力生活的常人一樣，而且也很認真地向未來邁進。

當然，也有選擇繼續沉淪、活在社會角落的人。

虞因很希望還沒找到道路的那些女孩，能快點得到不蹉跎人生的機會。

畢竟，她們還活著，而且沒被裝在箱子裡。

「怎樣選擇都是那些人自己的事情，會變的本來就會變，不會變的，就算你在這邊想得再多、去多管閒事也沒有用。」看著虞因的表情，東風完全可以讀得出來這人在想什麼事。

他覺得這些人很煩的一點就是這原因，對於要自生自滅的族群，何必花太多心思在上頭。有的人並不想得救，想要得救的人，早就已經開始掙扎。多事去拉那把，有時候根本只是帶給別人痛苦而已。

「大概吧，不過我還是會想，沒用也好，有用當然也好，我的選擇嘛。」自己就是太多事了，虞因有很深刻的體悟，不管活的還是死的，多管閒事常常影響他生活啊。但最終他還是不怎麼後悔……可能被打得頭破血流時會有點後悔啦。

「我還是希望盡量做到我能做的。」

「……白痴啊你們。」東風嗤了聲，站起身，直接離開客廳，「煩死了。」

目送著東風往樓梯上去，虞因才好笑地邊搖頭邊收回視線。

聿端著點心從廚房裡走出來，進到客廳，將剛做好的牛奶糕放在桌上。

「他好像在這裡住著住著也有點習慣了。」虞因戳了塊甜甜的軟糕，看著坐下的弟弟，「現在不想講話乾脆直奔房間，以前惱羞馬上就罵著要衝回家說。」

「嗯。」聿點點頭。

「存夠錢，把房子重蓋吧。」

現在房子僅有幾個房間，一開始預留的客房後來變成聿的房間，原本充當起居室兼書室的地方成爲新的客房，隨著來客量直上，房子空間已不敷使用了。

而且當初都是男性居住，以能睡覺的基本需求爲主，所以房間隔得都不大，虞因早就想要把房子重新設計，加高樓層、擴大房間，這樣大家可以住得更舒服點。

不過他並不想花自家兩個老爸的錢。

畢業之後，他就可以專心工作，努力存下這筆費用。

「一起存。」

聿吞下牛奶糕，說道：「我家，一起存。」

「好啊，就一起存吧。」

□

「呦～辛苦啦。」

黎子泓從文件中抬起頭，完全不意外地看見某個吵死人的傢伙涼涼地晃進他的辦公室。

「慰勞品。」一如往常，嚴司自動自發地去旁邊位子坐好，然後拆紙盒，取出杯子蛋糕和兩杯水果茶，「我早上去了趟曾建哲案子那邊，還眞的像在找寶藏一樣，他裝屍體的箱子眞講究啊，每個花樣都不同。」看來他的確對那些戰利品很用心，特別選擇過處理方式。

黎子泓停下手邊的書寫，乾脆也稍作休息，「你太閒嗎？」工作丟著放假到處亂跑，還跑去別人的區域，眞心想放假的話應該離得遠遠的，不要接觸才對。

「當然沒有，我在享受放假的愉快，就那種～看世界一團忙，唯有我清閒，那感覺還眞的滿爽的。」無視友人投來冰冷的目光，已經被很多人白眼的嚴司嘿嘿嘿地說：「本來想去看一下熱鬧，順便找我朋友聊聊天，結果他給我看有趣的東西，這個可沒給媒體拍到，不然那裡應該也會成爲什麼朝拜聖地。」

「怎麼了？」黎子泓看對方一臉有鬼的樣子，只好順著問下去。

「我拿了一套回來，打算晚一點去請示大師。」嚴司將隨身碟遞給友人，催促著打開。

黎子泓有些疑惑地連結上電腦，開啓隨身碟後，裡面有大量相片，立刻就能看出是廢屋現場，從一到三樓都有，包括三樓的浴室與浴缸也照了不少特寫，稍微看了幾張後，他就看出不對勁，「這是……」

重複拍攝室內的相片中，看似很正常，但其中卻夾雜了詭異的照片。上一張還是好好的牆面，下一張竟然出現大量黑色手印，漂亮花紋的壁紙被手印蓋得密密麻麻，幾乎快看不出原本的花色，讓人有種噁心感，而在下一張照片，牆面又變回原本的樣子。

同樣的狀況出現在幾處，有些樓梯扶手，或是樓梯門背面、某些家具也印上了手掌，最爲嚴重的則是在二樓，黑色的手印覆蓋了整個二樓空間，不但床鋪、各種美麗的小裝飾或家具、貼滿漂亮壁紙的牆面、地面等等，就連天花板也按滿，乍看之下黑色一片，像是被人潑上墨水。而三樓浴室的地板，同樣也是貼滿黑色手印。

「有趣吧，拍攝的人當場沒感到異狀，更別說看到這些手印啦，現場檢查時也都沒有，是回到局裡調出檔案時才被這些照片嚇到。」嚴司超想馬上去找專業人士來參詳一下異世界的訊息，說不定這裡面還有什麼天降玄機，「附帶一提，出現這些手印的地方，完全無法提取痕跡，指紋什麼的全部找不到。有沒有覺得好好經營的話，說不定可以做個猛鬼屋觀光什麼的，搞不好生意不錯喔！」

「……」黎子泓不太想附和猛鬼屋什麼的，再度翻翻相片，裡面有些檔案應該是從曾建哲電腦裡拿出來的，被分在不同的資料夾裡。點開後，果然看見那些被殺死的女孩子，也有橫躺在浴缸血泊中、已經缺了一隻左腳的清秀少女。在她旁邊則有張男性的臉，長相並不算特別出眾，但也不是容易遺忘的類型，就是那種所謂中等樣貌的男人；在相片中，他一手拿著相機，一手比著ＹＡ，以屍體作爲背景自拍。

甚至，還有比這些更過分的相片，不知道存著什麼心態的男人在不同的照片中，對著屍體或屍塊做出讓人難以形容的污穢動作，相片中的面孔得意洋洋，絲毫不見任何悔意或懼怕，看待亡者就像看待餐桌上的食用肉塊。

「這就是曾建哲。」趴在旁邊跟著看照片，嚴司說著。其實他們也都有收到這人的相片，不過看到這種噁心的自拍照，還是覺得特別可惡，「眞不知道這傢伙到底跑哪了。」

警方人員搜索廢屋時，發現屋裡並沒有留下現金或者存摺、身分證明之類的，所以將他可能在多年前擔心事情被林鴻志等人揭發後就已經逃亡的可能性也列入考慮。

大致看完相片，黎子泓將隨身碟還給友人，「另外一個重點呢？」這人跑那麼遠應該不是專程去找樂子，估計是先去辦其他更重要的事情。看著杯子蛋糕的店址，已經到了南部去了，可見相片這邊只是回程經過。

「……你們現在越來越難唬了。」這邊這樣，小孩那邊也這樣，嚴司開始有種他應該要奮發向上去找新刺激的感覺。

「所以？」黎子泓略過抱怨，等答案。

「好吧，安老師那個案子，之前屍體檢驗的部分看起來沒太多問題，所以我打聽了負責檢查的傢伙，那件事沒多久他好像因為家庭因素離職了，現在人在學校教書，花了我一堆工夫，還拖出我教授來幫忙攀關係才套到。」嚴司轉身拿過公事包，從包裡拿出一份資料夾，遞給友人，「不過是指『屍體到他手上後的流程沒問題』，他當初接收屍體時發現屍體有部分被擦拭過了，這個疑點有寫在最初報告上，結果你給我那份裡面沒有。」

黎子泓打開資料夾，看著屍檢，果然上面有些附註並未出現在他手頭上的檔案。

「老法醫說，他看現場照片，屍體手指近照上明明有沾染到一點黃色不明粉狀物，但到他這裡時完全消失了。咻——從世間蒸發，從此回到它的母星不再來地球之類的，而且它還帶走了它的同伴：那些手指特寫照片不見了。如果不是大檢察官你吃飽沒事想陰我、少給我東西，就是它真的跳入黑洞。」雖然沒有照片，但當初的檢驗表上還是有標示，嚴司當然也看得懂對方的註解。

「有說黃色可能是什麼嗎？」黎子泓微微皺起眉，其實也收到了玖深那邊的發現，現在加上嚴司的，那麼事實和當年得到的結果就有極大的出入。

而且，這也證明了一件事——恐怕當年承辦小組裡就有內賊，而且從一開始就動了手腳，以方便後期配合其他事證來誤導案情。

安天晴的死，肯定沒有檯面上那麼單純。

「類似花粉還是什麼粉吧。」嚴司聳聳肩，總之東西不見了，時間又過那麼久，現在要追查是什麼粉幾乎不太可能。應該說，這種難度，還不如走出去讓雷劈還比較有機會。

「嗯。」大致看完檢驗報告，除了多出來的一些註解，死因還是與他們所知相差不多。

這件案子一直沒有對外公布的是，安天晴面臨死亡時恐怕還活著，她的後頸遭到某種鈍器重擊，造成她當下無法做出相應的動作、甚至抵抗，隨後被凶手架到椅子上，做了種種布置，最終割開喉嚨——東風應該不曉得這事情，黎子泓也不太想讓對方知道。

當初承辦的檢察官原本要朝尋仇的方向查找，畢竟普通人不會用這種手法殘殺一名女性，但後來發現安天晴根本沒有仇家，她的生活太單純，校內不管是同事或學生都非常喜歡她，親戚間往來正常，鄰居也極度稱讚，完全沒有樹敵的可能，最後只剩下那名到現在還不知道身分的跟蹤者了。

「一個隨便冒出來的跟蹤狂應該很難打通警察內部吧。」嚴司咬著蛋糕，邊說道：「而且還有辦法壓下案子，這點太奇怪了。」現在，他反而開始相信那隻不吃東西的小孩。

不過高中生眞的有辦法犯下這種案子嗎？

思考著這陣子所有的訊息，黎子泓決定轉換方向。

「先從那名高中生查起。」

□

收到最終人數有七名，已經是又過了一天的事情。

上午，虞因正要出門打工，手機就收到幾則消息，其中一則是告訴他全部人數，另外有個嚴司寄來的檔案，一打開裡面是一堆黑手印照。

看著附帶文字寫著「跪求大師指點」什麼的，虞因直接爆青筋地回了幾家宮廟的地址過去，然後才把這兩件事告訴客廳裡正在玩疊疊樂的東風和聿……也不知道那玩意哪來的，反正吃飽早餐，他上去換個衣服，下來就看見兩個號稱高智商的傢伙竟然已經在那邊丟骰子暗算對方了。

小心翼翼地把一塊木頭順利放到搖搖欲墜的頂端後，東風才接過手機，仔細看完那些照片，「你認爲呢？」

「呃……我想大概就是發洩不滿什麼的？以前也遇過類似的狀況，大概是很想讓人知道它們的存在吧。」不管是黑手印還是血手印，虞因都見多了，前幾天蓋在他腳上那個隔兩天就自動消失，所以他並沒有想太多。

「嗯，那應該就是這樣吧。」東風將手機還給對方，順便把骰子拋過去，「抽一個。」

「喂喂，我要趕打工啊。」虞因轉過頭，看見聿竟然也盯著自己看，好像很希望他抽似地，想想差個五分鐘好像也還好，所以只好順著兩人，拋骰子，然後戰戰兢兢抽木頭。

兩秒後，那座已經很危險的疊疊樂非常不給面子地當場垮給他看。

「……」這兩個是故意的吧。

看著垮一地的木塊，虞因只想到自己踏入陷阱了。

趴在一邊的聿直接落井下石地從桌上抽下一張廣告單，攤開在輸家面前，「弄倒的要買。」

「哇靠，你們根本吃定我吧！」看著上面印著的和菓子禮盒，虞因確定自己眞的中招了。這兩個臭小孩有志一同要他啊！

「不然我付錢。」東風彎過身拿自己的背包。

「算了，我下班會順便買回來。」看看價位還在可接受範圍，就當是這陣子給他們的慰勞品吧，虞因摺好傳單塞進口袋裡。

「我也要出去一趟，要去先前客戶那邊。」在虞因要說點什麼之前，東風先打斷對方的開口，「客戶很重隱私，我自己去，請外面的員警載我，應該就沒話說了吧。」

本來要叫聿一起跟過去，不過虞因想想，畢竟對方也有自己的自由，總不能眞的盯死他，這樣限制太多好像也有些過分，所以只好同意，「好吧，出入時注意點。」

「好。」確認了單獨外出後，東風就轉身上樓去準備。

回過頭，虞因看見聿還盯著他，「你自己在家也小心點，門窗要關好。」

聿點點頭，接著繼續排回疊疊樂。

離開房子後，虞因就像平日一樣牽出自己的摩托車。

「奇怪……」

總覺得車子好像有點卡卡的，明明昨天騎的時候還一切正常。來回檢查也沒發現問題。虞因有點疑惑地發動了幾次，摩托車一開始還發出怪聲，且頻頻熄火，大約發了快十分鐘，才終於正常地活起來。

環顧四周，沒看見什麼，虞因帶著一堆問號，轉過身，正要打開鐵門時，聽見再熟悉不過的聲音。

咳咳……

「妳……」

才剛起了頭，虞因發現摩托車再度熄火，「是想要我幫忙什麼？」雖然已經出現過幾次，但還是只停留在他看過的影像，他還不是很清楚對方想交付他什麼。

而且，根據他所知，東風似乎很希望對方能找上自己，虞因就不懂了，既然東風不是小海那種天然鐵板，爲什麼老師不太出現在對方身邊？

當年東風是第一發現者，根據經驗，應該要纏著東風才對。

從第一次遇到東風開始，虞因完全沒見過他身邊有什麼，這些異象還是直到最近才來的，那麼中間這十年到底？

虞因無意識地低下頭，看見了鐵門下方出現一灘血液，就和先前那幾次一樣，他幾乎可以預見門後會有什麼。

但是到底想告訴他哪些？

猛一抬頭，他看見一道黑色的身影出現在鐵門邊的陰影中。

「是安老師嗎？」

黑影並沒有進一步動作，就是保持站立的姿勢，身形有些矮小，頭部還很完整地接在身體上，沒有出現之前有些可怕的型態。

咳咳……

正想再次追問對方時，他突然聽見細細小小的女性哭泣聲。

接著，好像有什麼怪怪的聲音……等等！

「咦！」猛然驚覺自己的摩托車這次什麼反應都沒有了，連方向燈什麼的都死寂得徹底，虞因一整個擔心車會不會眞的被掛掉。

還沒細想是眞掛還是假掛，一個轟然巨響從鐵門處傳來，好像有什麼巨大的東西直接撞在門上，同時他也發現原本在門邊的影子全然消失。

「妳不希望我出去？」糟了，老闆還特別叫他今天要去，好像可以見習到邀請來的廠商什麼示範。

像是認同他的話，所有怪異聲響瞬間靜止。

「……」

虞因沉默了半晌，只好硬著頭皮打電話去請假，幸好得到公司那邊的同意。

掛掉通話要返回屋內時，一回頭正好看見已經準備好的東風踏出屋子。

「你怎麼還在？」有點訝異地看見剛才說要出門的人還在庭院裡，東風微微挑起眉。

「臨時有點事情。」把車推回去停在原本的位置，虞因念頭一轉，才想問對方要不要等他們一起出去時，手機突然又響了起來。

接起來時，手機上並沒有任何來電顯示，但話筒那端卻傳來細細的聲音。

不像是男人、也不像是女人，而是一種用電子拼湊組出、很虛弱的不自然發音。

阻止他……阻止……他……

「誰？阻止誰？」

虞因猛一轉身，看見東風已經出門了，鐵門在他面前被關上，「等等！等一下！」

打開門要追上去時，外面已經沒有人車了。

拿起手機，通話已經中斷。

虞因想想不太對勁，連忙撥了電話給虞夏，讓對方聯絡跟著東風的員警，將他攔下來。

五分鐘後，他得到電話回撥。

但是，那已經是在東風把員警甩掉、失去行蹤之後。

□

咖啡店的鐵門再度拉下。

「那我就先離開了，你們自己小心點。」

看著第四次來訪的東風，季亞萱和其他人打過招呼後，便從後門離開。

藉故在路上進便利商店，直接甩掉礙事的員警後，東風逕自轉了幾次車，再次回到學校附近的店家。前一晚，他已經先行打過電話給胡寶兒，讓她有心理準備，也順帶聯絡林鴻志等相關人員。

眼下，連夜趕來的林鴻志和胡寶兒都在店內，另外還有兩名陌生中年男女。

「這就是小星的父母，舒爸爸和舒媽媽。」胡寶兒稍微做了介紹，端出早已準備好的茶水與點心。

「……你傳那些沒憑沒據的話給我們是什麼意思？」不待東風開口，舒星瑀的母親有些急地開口：「你憑什麼說這件事情和我們都有關，那都是七年前的事了，我女兒都死那麼久了，你還要來讓我們想起傷心事嗎！」

「舒媽媽，聽聽他怎麼說吧。」一旁的林鴻志稍微安撫婦人，低聲說道：「他都自己一個人來了，不是嗎。」

「那個警察的小孩沒跟來嗎？」有些不太信任地看著東風，舒父語氣較為保留。

「你們果然也查了我們的底細。」虞因並不會到處說他是警察的孩子，所以早在舒星瑀接觸他們時，她父母很可能已經發現了。就像他們會調查，對方肯定在當時也取得他們的背景，「你們盯舒星瑀真不是普通嚴。」

「你們去吃宵夜那家店，是我們多年的老鄰居，也是朋友，你認為呢。」舒父冷哼了聲，不以為然地說道：「不查，我們怎麼能確保女兒的安全。」

「嗯，那我們就不用拐彎抹角，既然我自己一個人來，大家就實話實說了吧。」為了把事情做個結束，東風環顧了在場四人，「我可以看出你們是不是在說謊，所以上次給警方的那套說詞，請不要再重複使用，這只是浪費時間。」當時因為其他人在，所以他並沒有說破，那時胡寶兒兩人給的是殘缺拼湊的部分真實，並非完全真相。

幾個人對看了一會兒，各自露出猶豫的神色。

也不急著要他們立刻開口，東風拿出從剛剛開始就一直震個不停的手機，果然看見無數通未接來電，而且來電者看來看去都是那幾個人。嘖，還真是一刻也不得安寧。稍微想想，他還是隨便挑個人發條正在處理私事的簡訊過去報平安。

手邊發出訊息後他便關機，爲了表示不會做什麼錄音危害眼前幾人的舉動，東風便將手機放在桌上，推過去由舒父保管。顯然那邊四個人也考慮好，由林鴻志先開口——

「你想知道到怎樣的程度？」

「你們比較想問的，應該是我知道到怎樣的程度吧。」看著他們按著手機後的神色變得較爲放鬆，東風也不再讓他們那麼膽戰心驚，直接將自己所知說出：「我知道你們四個人殺了曾建哲。」

幾乎同時，林鴻志等人臉色全都轉爲極度警戒。

「一開始，舒星瑀拿明信片來的時候，我就知道那不是給她的東西，所以叫她別找了。如果是要給妹妹的，就不會藏在遺物裡，也不會寫在那種來自於『他人』的明信片上，而是用其他方式交託。所以可以推測是舒星瑀一廂情願，想要找到點姊姊的東西……說到這個，她只是想證明自己能有些用處，多少是抱著想要找到姊姊遺留的物品，也是想要轉回給父母讓你們高興之類的，兩位自己事後再去考慮要怎樣回應吧，這部分與事情無關。」看著兩姊妹的父母，東風淡淡地繼續說下去：「後來得知同學們的謎語，以及明信片的字跡與本人書寫日記筆跡有微妙的差異，就可以判斷那不是舒星玲本人寫的。」這點他和聿在看那些日記時就注意到了，所以聿後來才會盯上咖啡店的手寫板。

第一次到這家店時，東風並沒特別注意小黑板，他當時被門後的鈴鐺聲所吸引……第二次和聿來的時候，才完全看清楚黑板上的字體，也在同時和聿一起發現這家店應該是胡寶兒所開。

「得知姊姊有交其他網友，但卻沒有留下任何相關物品，以及日記和電腦檔案有部分被銷毀——雖然沒有徹底清除乾淨，有些鎖上密碼的部分被你們忽略了，自動備份的對話也沒留意。這裡我想應該也是兩位做的，消失的部分推測和曾建哲都有關聯吧……」

「沒錯，從認識曾建哲開始，星玲就有把事情寫在日記上。」舒母嘆了口氣，拉著衣領，緩緩稍作放鬆後，才拿起桌上有些溫熱的花茶喝了一口，「我們不想在她死後還讓這垃圾留存，他不配出現在我們家任何一處。」

坐在一邊的男子無聲地拍拍妻子的肩膀。

「曾建哲得到地址後，確認姊姊住處，就開始跟蹤她，就像發現我們在吃宵夜一樣，你們應該也有發現異狀吧。」東風停頓了下，等待回應。

「……不，其實是我們先發現的。」胡寶兒直接開口，「因爲小星的身體不好，同學常常會輪流陪她回家，後來有人發現有怪怪的車在學校和她家附近，就問她，雖然她不知道，但亞萱她們認出來了，知道是網路上的網蟲，私下傳著小星勾搭網蟲什麼的。」

「女兒就把這件事情告訴我們……現在講也不用怕你知道，反正你也可以查。我們夫婦在這一帶和一些地下混的朋友有往來，所以警告那個垃圾最好少打我們女兒主意。沒想到那個垃圾竟然還是繼續跟蹤她，甚至幾次在上下學途中衝出來……眞噁心，我乾脆找人把他打了一頓。」回憶起七年前的事情，舒母還是不免咬牙露出憤怒的神色。

「但他還是不放棄，甚至誘拐舒星瑀對吧。」這邊就和他們猜測的差不多了，東風大致上也知道爲什麼後來曾建哲會突然對妹妹下手，估計是遭打之後心有不甘，想要給他們點警告。甚至很有可能在當時是要殺害妹妹，所以刻意吸引妹妹上車。

「我們還眞沒想到那垃圾會做出這種事情，直到今天我還後悔當初只打斷他的腳，應該要人下手狠一點。」基本上沒後悔過找人動手的舒母冷冷說道：「那種人根本不配活在世界上，如果你親眼看見他電腦裡的東西，你就會知道後來爲什麼我們會這麼做。」

「就算不看電腦，在曾建哲入侵你們家、試圖侵犯舒星玲時，你們也已經下好這種決定了吧。」父母的殺意並不是事後才起的，是早在曾建哲不斷越線時就已經種下。評估著父母現在的表現，東風認爲這可能性最高。

「當然，他敢做出那種事情，我們沒在第一時間要他付出代價已經算讓他多活了。」重重捶了桌面，女性低吼道：「那是我們的寶貝女兒，他竟然敢傷害她！我懷胎十個月的寶貝孩子，一個外人竟敢這樣欺負她！」

舒父輕輕安撫著妻子，依舊帶著警戒，嚴肅地開口：「我們只後悔晚一步。」

並不意外父母的回答。

應該說，早在先前聽過胡寶兒他們第一次提供的說明後，東風已經心裡有底了。

所以他轉向坐在旁邊的林鴻志。

「曾建哲，是我殺的。」

曾擔任過班導師的青年，有些無奈，但堅定地開口承認。

「如果你看過舒同學其他的資料，你就會知道她是很溫柔的人，雖然在網路上的發言並不像她。」

「那是因爲她知道自己可能不能再享受更久的人生，所以在虛擬世界裡試圖扮演各式各樣和『自己』不同的角色，不論是說話大膽也好、開黃腔也好，講話尺度極度誇張也好，都是她想要盡量嘗試眞實生活以外的世界。當然，你也知道女孩在青春期時，很難要求她們不去探索那些話題。」

在沉澱下來的空氣中緩緩敘述著，林鴻志打開帶來的背包，從裡面拿出一疊紙張，遞給東風，「這是當年她給全班同學的謎語影印備份，她極力拜託我幫忙埋藏禮物，一個人想出這麼多謎題，讓同學們去找，不管是藏香菸的地方也好，男生們偷看A書的空教室也好，她都很細心地在關心同學們。」

東風看著上面的字句，就和季亞萱她們的一樣，謎題並不難，大多是和收題人相關的。例如，第一張上面就寫著：知識很重要，但是伸展四肢時，你會聽見身體的歡呼。

「那位同學課餘時間都躲在學校涼亭看書，連跑個五十公尺都會喘，我們把護腕埋在他常坐的位置旁邊。你一定不信，他去年才參加鐵人三項，還完成了全程。」林鴻志笑著說：「報紙上看到照片，他還戴著那個護腕。」

「小星的寶箱改變很多人的想法，亞萱她們也是。我在幾年前遇到在商店打工的亞萱，她畢業之後就不再混了，很認真地工作，所以我才邀她來這裡幫忙打理店務。」胡寶兒勾起唇，露出有點悲傷又懷念的表情，「那時候我們在找寶物時，突然就發現了，大家都還活著……活著在這裡找寶藏，但是藏的人已經不在了，我們怎麼可以再浪費自己的未來。」

高中同班的同學們，帶著寶物離開校園，各自發展自己的人生，雖然際遇不一定很好，但大多都認真地生活著。

他們打開了寶箱，得到的是朋友從遙遠彼端留下的祝福。

這份祝福不可能再有第二次。

就像一輩子不可能再重來一次。

「當年，我們將畢業證書帶去燒給小星，之後我想著小星人這麼好，那個變態卻連個道歉都沒有，我只是想要他來道歉，所以我偷了一張明信片，循著地址找到那個偏僻的地方。」因為當時比較不起眼，全班同學來到舒家後，胡寶兒便趁著所有人不注意時偷偷進了舒星玲的房間，在遺物裡找出了「湯紀嵩」寄來的明信片，「到了之後，我按了門鈴，那個變態也開門讓我進去……一開始我還認為他真的有心想要去道歉，他演得很好，拚命說對不起什麼的，他也是很愛小星，愛得無法克制自己、只想和她一直在一起什麼的，最後說上去拿個東西，想要給小星作為賠禮，讓大家可以明白他的真心。」

胡寶兒沒想到的是，她那時太過單純，畢竟從來沒有出過校外和陌生人接觸，與舒星玲不同，她不太接觸網路世界，有些事情只有聽舒星玲描述過。

所以在她喝了一口茶水沒多久後，發現有點怪異時已經來不及了。

「我整個人有點暈，那個變態抓住我，把我從一樓拖到二樓……那些房間看起來真恐怖，漂亮得太恐怖了，根本不像現實。我只能尖叫，想推開他，但是手腳用不上力氣，他撕開我的衣服、內衣，將那雙髒手放在我的胸口……幸好老師那時候來了。」看著林鴻志，胡寶兒抹了下眼睛，鬆開手指呼了口氣，才繼續說道：「老師說他有注意到我偷偷拿了明信片，他覺得不對勁跟上來，但中間有點走錯路，到的時候聽見我的尖叫……」

「房子後門沒鎖，我沒多想立刻闖進去，聽到寶兒在二樓大叫，就衝上去，看見曾建哲竟然壓在學生的身上，那時候根本什麼都不曉得，腦袋空白一片；等我回過神來，已經用旁邊的椅子砸在他頭上，然後砸了兩下、三下，到椅子裂開。那個人滿頭血倒地，不過還沒有死，我就拉著寶兒逃出去。」林鴻志回憶道，踏出屋外時，天色已經暗下來了，只剩下那獨棟屋子的燈光還亮著。蜿蜒的黑色道路漫長且遙遠，那瞬間，還眞讓人錯覺永遠無法逃離這條路。正要離開之際，他們猛然聽見屋裡傳來的咆哮聲。

「那個變態一直罵三字經，說要殺死我們，他已經殺很多人了，今天就要給我們死。」胡寶兒也想起當時迴盪在周圍的怒罵，像野獸般不斷吼叫，年輕的她還瑟瑟發抖著，接著一個想法猛地在她腦中點亮，「然後，我突然想到，是他害死小星的。」

當時的胡寶兒瞬間便冷靜下來。

她的手不再發抖了，轉回過身，重新進入了屋子。

屋內，曾建哲已在三樓叫罵，他的頭傷得有點重，暈眩感讓他一時之間很難站起，所以像條蟲一樣掙扎著想要找醫藥箱，大概是怕再被攻擊不敢立刻下一樓，所以他沿著樓梯爬上三樓，扭曲著身體往電腦桌附近移動。

「我走上去，看著那噁心的東西，他怎樣害小星的，我就怎樣還給他。」

胡寶兒伸出自己的雙手，就像當時一樣，直接把曾建哲拉扯著，從三樓推下去。

砰咚地聲，被稱爲網蟲的男性，姿勢滑稽地滾落台階，像喜劇片般撞在樓梯門扉上。

林鴻志按下胡寶兒的手，說道：「我不想讓學生揹負這種垃圾的死，所以我在他還有一口氣時，拿了在大門邊帶進來的鏟子，重重打在他頭上，直到他不會動爲止。」

直到今天，雖然還是會作噩夢，但他沒有後悔。

他可以在夢裡重新殺掉這種垃圾第二次、第三次……殺得他不會再欺負學生、欺負孩子們，不管幾次他都能做。不將他人性命當作一回事的人，怎能抱著別人的傷痛、聽著那些哭泣慘號，喜孜孜地繼續活下去，然後再繼續傷害人。

所以，林鴻志不後悔，即使被噩夢折磨，他還是會再次選擇自己所做的事。

「就算老師不動手，我們也會動手。」

舒父帶著恨意，低聲開口：「那天晚上，我們本來就打算去殺了那垃圾，只是到達時，剛好看見那個垃圾爽快地死了，不然我肯定要他斷手斷腳，等到他受不了求我給他痛快。」

「所以你們一起處理現場，把財物和證件、車輛都帶走了。」因此現在警方才找不到那些東西。

「對，原本我們沒想太多。不過在看過電腦裡那些東西後，我突然覺得這種垃圾埋在土裡對他太好了。」

開著車輛，載走屍體，舒父打了通電話給朋友，在黑暗中打開垃圾焚化廠大門。

「他只配和垃圾一起消失。」

咖啡店內再度陷入一片沉寂。

總之，大致上已釐清所有事情，東風也沒什麼疑問了，就和他最後推測的差不了多遠。

「我查過從七年前開始，到現在校方的資料，雕像更換時，廠商曾發了封郵件給學校，通知說在底下挖到了一個怪箱子，打開時，裡面有不知名的腐爛物，看起來像是某種動物器官。」東風估計那就是所謂舒星瑀想找的寶藏，「校方認爲是學生的惡作劇，所以承辦廠商就丟了。那應該是胡小姐妳埋的沒錯吧。」

「是啊，既然你也曾是學校的學生，那應該也聽過學校裡的一些鬼故事和傳說。例如，偉人像是放在那裡鎮煞的，你不覺得把一個垃圾的心臟埋在那裡，讓他被壓著不能超生，被幾千學生來回踩踏，也不錯嗎。」胡寶兒撥了撥頭髮，露出冷淡的笑容。當年他們合力將垃圾重新搬上三樓，就在那個讓人看了噁心的浴室中切開了屍體，拉出毫無人性的心臟，「小星送給我們禮物，我也只能送她這個禮物，還有不讓那個垃圾死後繼續騷擾她。」

之後她在明信片上寫了謎題，悄悄放回舒星玲的日記裡。

一直到現在，才被舒星瑀找出來。

「現在你什麼都知道了，要報警的話也隨便你。」舒父將手機還給東風說道：「沒有屍體，也沒人知道我們去過，就算你把這些都告訴警方，我們也不見得會承認，無憑無據的，誰會相信這些。」

「的確，都過了七年，無憑無據，誰會相信。不只七年，再過十年也一樣。」東風收回手機，並沒有立即開機，只是看著上面黑色的面板，倒映了他的影子，還有他毫無表情的面孔，「放心吧，我根本沒有打算報警，你們的事情我也沒興趣揭發，這事從頭到尾我都不想插手，我只是要對自己做個結束。」

報警也好、不報警也好，他並沒有向誰交代的義務，介入的部分就到這裡為止，畫上句點後再也和他無關。

「至於以後，就是你們自己的事，最終你們還是殺了個人，這是事實。」不管是父母還是老師、同學，原本都僅是個人要復仇才殺了那個人，並不是因爲什麼幫死亡七人報復，他們甚至是事後才知道的，不過顯然也因爲這樣正好爲那七人間接做了死亡報復，「原來如此……難怪了，看來是要幫你們隱藏啊。」

那些散落在房中的黑手印，原來是這種用意嗎？

即使不是眞的幫她們殺人，但少女們還是選擇了包庇這些人。

眼前的人們沒有說話。

於是東風拿起自己的物品，目的達到後他不打算久留，就在一片沉默中離開了咖啡店。

他管的事情已經太多了。

眞是越來越不像自己。

……但是，原本的自己是先前的那個樣子嗎？

站在車流往來的馬路前，東風突然瞬間迷惑了。

重新開了機的手機再度跳出許多未接來電，還有一些訊息，同樣是固定的那些人發來的，甚至他還看見黎子泓的名字。

每個人都在問他去了哪裡。

看著一則則訊息，這時才發現，自己認識的人在不知不覺間已經變得很多了，原本空蕩蕩的通訊頁面，不知何時已經能夠下拉搜尋。

他拿起手機、撥了號碼，電話很快便被接通，通話那端傳來的是男性的聲音。

「是我……上次說的房子我租了，契約就按照之前我委託的打，這兩天我要搬家，請給我最快可以入住的時間，越快越好。現在的房子退租，裡面物品請叫清潔公司全處理掉。」

不能再待下去了。

要盡快離開這個地方，不可以再牽連其他人。

和仲介確認好遷入時間後，東風道了謝，收起手機。

「等等。」

他回過頭，看見舒家父母走了出來，並沒有看見胡寶兒與林鴻志，估計另外兩人還在咖啡店內。

「……還有事嗎？」雖然對舒家有點其他的疑問，不過東風沒有再追問下去的興趣。

「你確定不會報警嗎？」

不知道爲什麼，東風總覺得眼前兩人的表情有了微妙的變化，而且是針對自己，一反先前在店內的警戒，這兩人的表情竟然出現些微心虛，「你們做了什麼？」

「今天早上，有個人打電話給我們，他是我們母公司的幹部，要我們拖延你到這個時間，不論用什麼方式。」舒母握著拳頭，有些不安地環顧周圍，壓低聲音：「我不想這些事情危害到星瑀，請你們不要再和我女兒有牽連，該說的我們都……」

「你們到底是誰？」東風瞇起眼睛，突然有種非常不好的預感，「爲什麼當年你們不尋求警方的幫助？」

明明這些事情都可以向警察求救，如果那時警方介入，說不定事態不用發展到如此，他們究竟爲何不向警方伸手？

舒母並沒有直接回答，她慢慢拉開自己的衣領，出現在她鎖骨上的，是像傷疤一樣的刺青。

東風立時心中沉了下，冰冷的感覺瞬間蔓延到指尖、全身，眼前好像暈染開了模糊的黑色。

手機同時響起，並不是有人打電話，而是簡訊傳了什麼來。

傳送的號碼並未見過，裡面只有張附圖。

那是一張最眼熟不過的大門照片。

門縫底下，流出血液。

□

現在是上課時間，你在這裡幹嘛？

他記得，所有事情都是從那一天開始的。

當時，他只是想要找到眞正能夠接受他的地方。

打從「最初」，就知道自己和別人格格不入。不管是生活的住處也好，所謂學習的校園也好，就算是一起玩的附近小孩，都能極爲明顯地感覺到差異。

所以躲避了周遭、躲避了學校，總是趁沒人注意時遠離這些地方，否則只要時間一拉長，就會成爲別人眼裡的麻煩。這點在之後被送去更高級的學校裡也差不多，即使那裡比較多人能夠溝通，依舊覺得自己突兀。

爲什麼會這樣，不知道。

很多人都說他很聰明，但不知道的事情還是不會知道，翻了許多書也很難懂。

不管如何，別帶給別人麻煩這件事是能確定的。

直到，有人主動接近他，並且釋出和其他人完全不一樣的善意。

計程車停止行駛。

「同學，到了喔。」

司機有些憨厚的聲音打斷了思考，讓他連忙抽出鈔票遞到前方，移動有些麻木的腳，打開車門回到了熟悉的大樓租屋入口。

「同學，你還好吧？」看著男孩臉色很慘白，司機好心地多問一句：「要是身體不舒服，叔叔載你去醫院吧？這次不收錢。」

「不……不用了，謝謝。」東風關上車門，抓緊背包肩帶，逼迫自己盡量快點向前進，必須快點回去確認才行。

數秒後，身後傳來計程車開走的聲音，以及一股排煙味。

那些事情已經過了很久很久，卻還是鮮明得像是昨天才剛發生一樣。

當時他也是這樣站在大樓前、揹著書包，手邊夾著幾本那天想要和「她」討論的書本。

有時候，有些問題她也沒有解答，但兩個人可以一起尋找答案。擦拭乾淨的窗戶透進了午後的陽光，桌上總是擺放著點心與茶水，偶爾太早到，還會遇到其他學生——很樂意接受課後輔導的人不只他。

唉呀，早了點。不過既然來了，上次你問老師的問題，今天和這位學姊一起找也滿有趣的喔。

總是很溫柔的女性會這樣說道，接著給他介紹了高中部的學生，有時候是少年、有時候是少女，在那個狹小的空間裡，不管是誰都能相處得很融洽。

甚至，什麼都不想說的時候，可以直接在那裡發呆，也沒人覺得奇怪。

還以為這些事可以一直持續下去，因為那時候自己還很小，年紀和班上同學有些差異。也因此多少會被其他人欺負，不過那也沒什麼，人本來就會因為各種嫉妒、或是想展示自己的驕傲和力量，欺負比自己更弱小的人。

這種醜惡的面貌，永遠都不會消失。

所以那種事情他完全不在意，就是覺得那些比自己還大的學生有點可憐，只能靠欺負別人得到虛榮感，可悲又轉眼即逝的微小滿足。

有時候認識的高中生看見了，會來幫忙趕走欺負弱小的人，每天差不多都是這樣吵吵鬧鬧的，讓人感到厭煩。

就是因為「他們」都在那個學校裡，所以才讓他覺得，這個世界好像沒有那麼讓人感到格格不入。

他的確一直都是這樣想。

電梯打開，微暗的走道出現在面前。

走了兩步，就是自己承租的住所。

上次回來拿衣物時，鎖上的大門已被人開鎖，打開了一條縫。角度與十年前那扇門重疊，那時候他抱著書，也是看見門這樣微開著。

然後淡淡的血腥味從門後飄來。

慢慢地低下頭，從門底下出現了一灘血液，還未完全凝固。

很想吐，真的很想吐。

但現在卻什麼都吐不出來，只能感覺胸口劇烈燒灼的疼痛，痛得都快不能呼吸了。

身後的電梯再度傳來聲響，不知道誰搭乘上來，發出了到達樓層的聲音、某人的腳步聲，以及熟悉的詢問——

「現在是上課時間，你在這裡幹嘛？」

十年前，他就知道真相。

但是緊緊咬住卻拖不出來，怎樣都沒辦法。

「預估錯誤，我本來還以為你會像以前一樣，先衝過去開門。」有點輕佻嘲諷的語氣慢慢打破了空氣中的凝重，對方單手搭在東風僵硬的肩膀上，「怎麼？長大了就不敢馬上面對現實嗎？為什麼現在變懦弱了呢？」

慢慢轉過頭，看見的是變得更成熟、但怎樣都不可能忘記的臉，和以前有所差異的是，現在青年的右眼角下有個像是傷痕般的小刺青，令原本有型的長相更容易讓人記憶深刻。

「我就奇怪，為什麼重要檔案會這麼快被破解，看到照片我真是笑了，還以為你會一直躲躲藏藏，前幾年都已經躲到去籠子裡了，沒想到這麼快就回來。」一身黑色西裝打扮的青年，極為熟稔地拍拍東風後頸，「有點驚訝，不過還滿歡迎你回來的，順便介紹一下我這邊兩位，今後應該會負責招待你那些『朋友』吧。」

東風勉強鎮定下來，這才發現大樓通道兩端不知何時已各站了一人，分別戴著一紅一白的安全帽，看不出長相，只知道是一男一女。

「對了，那些真的是『朋友』嗎？我記得你以前也不太交朋友，明明只跟在我後面，說著那種天真話。該不會又背叛我了吧？」青年露出冰冷的微笑，語氣輕柔地說道：「要幾次才夠？」

「……我馬上就要搬家了，其他人都跟我無關。」雖然用力地抓住背帶，但指尖還是無法控制地發抖。東風用力閉了閉眼睛，努力地開口：「那時候我就放棄了……」

「喔對啊，想想也是，畢竟都已經三個人因爲你死掉了嘛。」青年放開手，笑笑地走到大門前，一腳踏上稍微有些凝固的血液，「不過，現在已經有五個人了——如果後面那位忍耐力不夠。」

「五個人？」

「火虎，拿來吧。」青年伸出手，從紅色騎士手中接過一個稍大的裝飾箱，「聽說你們在找寶藏，我也應景地送個來給你，當作是見面禮吧，畢竟我們以前那麼要好。不過把他從條子那邊弄走還眞浪費錢，這種貨色眞是……算了，誰教他擅自動手呢？我可沒准其他人隨便碰你。」

還沒意識到對方在說什麼，東風就看著青年打開了箱子，一股混著血腥氣息的惡臭味瞬間瀰漫在空氣中，箱子倒反過來，球狀般的物體咚地聲撞擊在地面，滾了兩圈，扭曲的面孔翻到了上方，蛆蟲就從張開的嘴巴與鼻孔掉出。

即使已經半腐爛，東風還是在瞬間就認出頭顱。

當初在民宿，這人曾將他誤認爲虞因，把他推進海裡，之後再動手時，被警方捉住了。現在，他失去身體，唯一剩下的頭部就在自己腳前。

「花蓮很好玩吧，看你們的照片，感覺很開心。」青年丟開箱子，動作優雅地從口袋中拿出同樣讓東風眼熟的手機，有趣地開了機，在上面滑了幾下，調出存在手機中的旅遊照片，「我以前都沒看過你喝檸檬汁，這麼好喝的話，下次我讓手下買些送你，如何？」

「……人呢？」東風驚恐地看著向振榮的手機，顫抖地問著。

「你說那個警察嗎？眞不是我要說，他戒心不算高啊，我買兩個小女生來演場戲，搞得很像一堆男的要強姦殺人，他就忍不住去救了。這種小孩多得是，掏一把錢就很多人搶著要來演，警察怎樣她們壓根不在意，他竟然會爲了這種事上當。」青年露出好笑的表情，「差點忘了，順便讓你看看，他是不是『第五個』吧。」

青年不給任何緩衝時間，一把打開大門，門扉隨著動靜發出了鈴鐺聲——東風並沒有在自己的房子大門掛上這種東西。

血紅色的玄關瞬間與記憶重疊。

全身是血的向振榮就坐在椅子上，顯然已完全失去意識，頭微微傾向左側，身上、臉上充滿了刀傷，深淺交錯的刀痕遍布各處，大量創傷讓皮膚腫脹發炎得極爲嚴重。

「這警察嘴巴眞不是普通硬，我都忘記割到幾了，他還是啥都沒講。」青年收起手機，踏著血走進屋內，踢開掉落在一邊的陶土塊，微微傾過身看向振榮的狀況，「還在呼吸嘛，安天晴當年就沒這麼好運……喂，這次你要怎麼選呢？」

是你自己的選擇，結果就是她死。

「你現在的『朋友』夠多啊，多到你都忘記你眞正的朋友了。」青年按著向振榮的肩膀，勾起唇，「你覺得呢？」

東風壓下不斷蔓延上來的恐懼，向前踏出兩步，「他們……都不是我的朋友……全部都不是……那些人和我沒有任何關係……」

「那麼這傢伙就不用了——」

「還有！」東風喝住了青年抽刀正要往向振榮胸口捅去的動作，死死地瞪著對方：「你也和我沒任何關係，而且這次你只要動手，我就有證據，到死我也要咬住你。」

「嗯哼～」青年聳聳肩，收起刀，同時聽見外頭正往這裡來的警笛聲，「還在錄影吧，手機交出來，這條子就你自己處理。」

東風緩慢地取出錄影中的手機，看著手機被戴著紅色安全帽的人奪走。

「對了，那個叫虞因的，聽說看得見鬼。」

東風胸口再度一緊，戰戰兢兢地看著往外踏出來的青年。

「十年了，你什麼辦法都沒有的時候，八成也像一般人一樣很想問問，到底有沒有鬼吧。」青年擦去手指上的血液，依舊微笑，「還有，爲什麼你永遠都等不到那個女人來找你，顯靈啊、託夢啊、指引你該怎麼做啊，那些有夠可笑的問題。」

「……什麼意思？」東風移動了身體，慢慢地看著對方，凝神警戒著往屋內走去。

「封棺前，你們檢查過屍體嗎？」

「有人教我，只要動動手腳，那個女的就永遠不可能再出來做怪，眞有這種事的話，不是很有趣嗎？」

青年從口袋拿出了巴掌大的暗色盒子，帶著愉快的心情，輕輕打開，讓已經站在屋內的人能看清楚裡面的東西，「你認爲有效嗎？」

「那之後，你還有看過她嗎？」

□

虞因接到通知趕到大樓時，看見的是許多員警。

和他們擦身而過的救護車大響著警鳴，速度極快地消失在街道另一端。

「阿因，這邊。」跟著同事跑來支援的小伍遠遠看見人，和幾名同樣認識虞因的員警們立刻拉開封鎖線讓他和聿進入。

沿著大樓樓梯向上跑，很快便是自己熟悉的樓層。

然後看見了黎子泓，看見他家二爸，還看見站在屋內的嚴司。

原本被砸得凌亂的屋裡充滿血液，從門口一路延伸進玄關，接著爬進屋內，狠戾地沾染在那些來不及被撿拾的破碎雕刻品上，斑斑駁駁的看起來相當駭人，更別說門外那顆腐爛的頭顱，異樣的恐怖氣味還充斥在走廊。

「振榮哥……？」從電話裡聽見狀況非常不好，虞因很害怕在這裡得到不想聽的結果。

「就看他命夠不夠硬囉。」嚴司雖然很想抱持著樂觀的看法，不過剛剛第一時間到達後，得知的狀況讓他實在不覺得能太過樂觀。

應該說，那身傷勢還能撐著不死，本身已經算是某種程度的幸運了。

將手上的手套、鞋套拋給虞因，虞夏朝裡面比了比，「穿好進來，小心不要亂踩。」稍作好準備，讓聿先在外面等待，虞因跟著走進屋內。

就和最後一次來這房子裡看見的相同，屋裡依舊維持著碎亂的模樣，與上次不同的是，地上多了相當多血鞋印，大概有兩、三種鞋型。

「他幫向振榮做完緊急處理之後就沒出來了。」虞夏直接將人帶到緊閉的房門前，「衣櫥裡。」

「咦？」

虞因打開房門，小心翼翼地走進去。門上、門把邊都還有些乾涸的血跡。房內的東西很少，除了必要的床與衣櫥等家具用品，就沒有其他東西，連個人物品都很少，所以從衣櫥裡被扔出來的衣褲也不多，就是常見的那幾套，現在上面也沾著些許血跡。

這些沾染最後停止在衣櫥門板上。

虞因蹲在衣櫥前，也不知該講什麼。在他來之前，其他人肯定也說了不少，但都無效，所以人還留在裡面。

虞夏在電話裡並沒有講得很清楚，可能就連他們都不知道東風遇上什麼。

「……先一起回去吧？」

過了很久，沒有任何聲音回應他。

這種狀況下硬打開門絕對會得到反效果，但是也不能放著人在這裡面。

正打算再另外說點什麼，虞因突然瞥到在房間角落中，不知何時出現了一抹黑影，伴隨著有些熟悉的聲音。

咳咳……

「老師……嗎？」虞因轉過頭，看著黑影，「妳究竟想說什麼？」他刻意把音量放大，希望能吸引裡面的人注意。

但是接下來他所看見的，卻讓他大爲驚愕。

虞因看過安天晴的照片。

知道案件後，他和聿一起查了當年的案件，網路上，以及當時被上傳的報章都有照片，光看媒體刊出來的生活照，就能知道是個很受歡迎的溫柔女性，淺淺含蓄的笑容，以及那抹淡淡文靜氣質。

現在從黑影中出現的，卻不是這樣的女性，除了相貌僅有一點輪廓相似外，年紀差異相當大，看起來還是一名中年婦人，可能還比安天晴年長了不少。

「妳是……？」

「阿姨嗎？」

衣櫥裡傳出低低的聲音，「老師的媽媽……生病了，一直在咳嗽不是嗎。」

虞因訝異地看著婦人，發現果然是安天晴的母親，當時新聞上也有拍到家屬的照片，但他專注在安天晴的事情上，並沒有特別留意，現在一聽，一直跟著他們的黑影的確就是母親沒錯。

不過不曉得爲什麼，婦人就是站在原地，露出悲傷的表情看著虞因。

「我不知道她讓你看了什麼……她沒親自看過死亡現場，看到的，是警方給她的照片，接到電話她才從家裡趕過來，在殯儀館裡認屍。」

聽著東風的話語，虞因才曉得爲什麼幾次看見的場景幾乎都是時間停止般的凝固。他最初以爲是安天晴本人給予的幻影，原來是母親看到相片那瞬間的反映，所以他才只能在固定位置、看著固定的景物，無法探看其他細節。

或許他無法看清楚死者面孔，就是當時母親在下意識拒絕承認、或者在那一幕無法直視自己最熟悉的臉部，更別說安天晴死亡時的表情有多驚恐害怕。

這估計就是幾次幻影出現，虞因卻遲遲無法得到其他進一步線索提示的原因。

事後才從警方手上拿到照片的母親，本身也沒有現場第一時間的影像，她只能重複那幕殘缺不全的畫面。可能是爲了女兒，也可能是爲了其他……

「你知道她死前對我說什麼嗎？」

東風並沒有推開緊閉的衣櫥，就是透過木板，繼續傳來壓抑的聲音。

「她說，她過得很痛苦，如果時間能倒轉回去，她什麼都不想知道，就聽警方的話讓他們去抓跟蹤狂，她好好地辦喪事、放下一切，這樣她就能輕鬆一點。她到死前每天都是地獄般的痛苦，就是因爲我讓她知道她不想知道的眞相。」

如果不知道眞相，就可以說服自己那只是運氣差，老天開了一個大玩笑，跟蹤狂選擇一個不該死的好人，然後殺了她。

只要知道這些就好。

只要承受這些就好。

「那不是你的錯啊。」

虞因按著門板，拍了兩下，「跟你無關，錯的是凶手吧，不是嗎？」就像他，那些責任還有自己能看到的所有事情，最終錯的並不是他，他不須過度承擔那些。

「爲什麼要這麼多事……阿姨的遺言，就是『爲什麼要這麼多事』。」

乍聽見這種耳熟的話，虞因驚訝地看向婦人，後者就這樣默默地退入黑暗中，再度消失了。

「你聽我說……」

「出去！」

打斷虞因的話，衣櫥裡發出了冷漠的聲音。

「出去。」

「不要再靠近我。」

「全部的人，都滾離我遠一點。」

「我再也不想看到你們！」

「我還以爲這次眞的死定了。」

兩個星期後，向振榮的病房聚集了不少來拜訪的人。

「眞是嚇死我，原來身分早曝光了啊。」才剛清醒沒多久，這兩日大致上聽了葉桓恩描述這幾個禮拜的事情，向振榮想想還是覺得果然比他想的還危險，不過既然人還能醒來，就該爲此高興，「運氣眞好，値得慶祝。」

「一度發出命危通知的人好像不應該講得這麼輕鬆吧。」葉桓恩有點受不了這學弟的樂觀。這兩個禮拜，他們周圍這群人可是擔心得要死，尤其是最初的幾日，醫院連續好幾次搶救，直到這幾天，人才終於清醒，讓他們好不容易放下心中的大石頭，「這批人的手法還眞相似。」乍見他學弟滿身是傷被送進來時，他立即想到亡故的友人。

「眞要說的話，其實被拷問時我有大半時間是暈的，所以也不算太慘啦。」往好的方向想，向振榮覺得能保住命已經算是萬幸了。而且痛到後面眞的就麻痺了，也不知道該不該高興，起碼沒眞的一路痛到死掉。

「你學弟人不錯啊。」坐在旁邊的嚴司很欣賞年輕人，「雖然現階段像木乃伊，但還是不錯。」

「……」葉桓恩嘆了口氣，搖搖頭。

「比起來，東風呢？」知道自己是在哪裡被送醫，向振榮看向黎子泓和虞夏，比較擔心另一個人的狀況。

現在，他一定很害怕吧？

認識的人以那種方式出現在家裡，肯定會嚇壞。

黎子泓看了眼依舊不怎麼正經的嚴司。

他們到現在還有點驚訝。

那天虞因也沒辦法把人勸出來，反而被轟出去，隨後有人想要強硬打開門，卻得到幾乎自殘式的激烈反抗，於是也不敢動了，就這樣一直僵持到晚上。

如果沒有其他外在問題，其實讓他自己待著好好安靜個幾日是最好的，但那間屋子已經不能再留，恐怕會有其他危險。

當晚是嚴司溜進去，不知道和東風講了什麼，竟然就把人給帶回家了。

不只黎子泓，所有人都很疑惑。

「現在大概就是有點在壁櫥裡養了隻哆啦A夢的感覺。」幸好自己的租屋是日式房屋，壁櫥空間算是頗大的。嚴司也向房東打過招呼，以免房東父母要來澆花時被嚇到。

「能去看他了嗎？」那天開始，黎子泓便一直擔心對方狀況，但也不敢隨意去驚擾。

「這個嘛……我覺得還是不要比較好，再給他一點時間。」嚴司說著，才想起另外一件事，「早上出門時，小東仔要我幫他處理一些東西，這個先給你。」

接住裝袋被拋過來的手機，黎子泓和虞夏看了看，「這是……？」

「小東仔說那天上計程車後，他在路上領了一大筆錢，讓司機幫他馬上弄支預付卡手機，大概是錢太多了，那個司機剛好就是用那種，直接在車上說好價錢，把手機給他。」車程中，東風把兩支手機的卡片對換，消除司機原本的資料，之後將自己的機子交出去，「雖然這支只有錄音，不過你們也該聽聽。」嚴司出門後，當然在車上就已經播放過內容。

看著同樣在房裡的向振榮與葉桓恩兩人，黎子泓放出了儲存在手機內的錄音。

一直到播放結束，都沒人主動開口。

估計大夥兒現在應該也還沒有其他結論，嚴司彎下身，把帶來的大袋子拿起來，「還有這個，老大要麻煩你拿回去給大師，他要我從他家拿出來的，不過他是要丟掉。小東仔好像拜託房仲找了清潔公司，要把房子裡的東西都掃掉，我先擋下來續租了。」

幸好那名仲介和房東還滿明理的，大致上聽了嚴司說案件還需要，所以就取消了原本的安排，暫時先把屋子空置下來。

袋子打開後，裡面是個裝飾箱。

虞夏看過類似的物品，在虞因畢展結束後，也拿了好幾個回家，有些目前就擺在客廳放置雜物。

推開蓋子，裝飾箱裡收著的同樣也是些小物，看起來好像不是東風自己的東西，裡面甚至有一、兩件花蓮當地的伴手禮，還有魚形狀的卡片。

「這是上次去花蓮玩的時候，不知道誰去柴魚博物館買回來發的，大家都有一張。」一眼就認出魚卡片，向振榮立刻說道。

翻了翻，箱子內還有其他像是禮物般的東西，虞夏看見可能是虞因或聿送的空白本子，上面的標價貼紙，是那兩隻常去的美術社。

黎子泓同樣看見自己以前送的雕刻刀組也被放置在裡面。

最後，嚴司從箱底掏出一包巴掌大的紅色絨袋，遞給向振榮，「這個我想應該是要給人很好的學弟，我問了賣出店家，是近期賣掉的。當時小東仔說是再幾個月要送人的彌月禮，店家記得很清楚，他問店家說對方還沒結婚，不知道能不能這樣送。」環顧一下周圍的人，符合這條件的也沒幾個了。

向振榮打開袋子，裡面是嬰兒金飾，然後他重新蓋上盒子放回袋中，遞還給嚴司，「這可不一定，說不定他還有其他朋友。就算是要給我們小孩的，我也希望是他親手拿過來。」

「我想也是，那就跟箱子一起先給大師保管囉。」把金飾塞回箱子裡，嚴司本身是沒辦法把箱子帶回家的，不然肯定會被扔掉，所以還是整箱交回給做箱子的人。

虞夏思考了下，接過箱子。

「接下來你們要怎麼做？」看著自己學弟的傷勢，葉桓恩實在是很難忍下這口氣。

「從錄音聽起來，這個人應該就是我們現在要查的人。」黎子泓覺得先前所想的方向果然沒有錯——那名高中生；且現在也確認了不知為何，那人竟還與組織有關聯，「就以目前的方式繼續下查。」

雖然不知道這是不是巧合……不管如何，這些事情總是得弄個明白。

「我還可以繼續參與吧？」向振榮很希望可以待到結束，「雖然沒辦法繼續藏，不過事務工作還是能做的，反正我現在開始應該有休假了嘛。」

「別太勉強。」葉桓恩補了句：「別忘記你小孩快出生了。」

「哈～當然。」向振榮稍微躺回去，「到時候婚禮，希望大家都來捧場。」

也希望到那時候，一切都……

能夠順利結束。

□

回到家時已經是深夜了。

嚴司和剛好路過的隔壁保全打了招呼，夾著公事包和買回來的物品開了門，踏進一片黑暗的屋內。

推開門立刻看見玄關有一箱物品，照慣例是隔壁今天又不知道什麼聚會，房東很好心地送了點吃的給他，最上面還插著支酒，看來他們每次在家裡餐會都滿大手筆的，那些食材啊酒類的都不是普通昂貴。

嚴司按亮燈，抱著箱子進屋，「我回來了～」

屋內什麼聲音也沒有，依舊死寂。

看著房間壁櫥與早上出門時一樣還開著條縫，估計裡面的人完全沒離開過房子一步。

旁邊放著的那些楊德丞每天做來的食物動也沒動，就連保溫瓶都沒被打開，不過早上幫他放好的水瓶倒是少了一半左右。

這半個月以來都是這種狀況。

嚴司走到壁櫥邊，把帶回來的各種維他命和沖泡營養飲料放在拉門邊，接著就這樣坐在旁側，打開房東幫他裝好的餐盒，先填起肚子。「如果你不想面對，可以不用去面對；你想離開這裡，就離開這裡，我可以幫你找個國外的住處，把所有事情都忘了，在那裡好好過生活不也可以嗎。」

如同以往般，沒聲音回他。

這讓嚴司覺得個人的優點之一就是可以自己跟自己聊天眞是不錯。

吃完宵夜，把餐盒拿去清洗乾淨放在桌上，明天房東父母來澆花時會順便帶回家。剩下吃不完的就先放冰箱，還可以吃個兩、三餐。

將酒收進客廳門櫃，拿了衣服去沖澡。

全部弄完後已是夜半兩點多，順便檢查過門窗，瓦斯也檢查了，嚴司便繞回房裡，準備鋪床睡覺。

他知道住在壁櫥的機器貓還醒著。

「就算是這樣，你還是想面對吧……」

所以不管怎麼搬，還是不會離開太遠。

回學校重溫記憶時光，在車上準備第二支手機，就算知道家裡有什麼，他還是回去了。

只是人的心，不可能像自己所想的那麼堅強。

摔得支離破碎時，還是會疼痛到難以承受，那雙捧著碎片的手，依舊鮮血淋漓地顫抖。

嚴司能做的也就是盡量提供最底限可以維持生命的東西，就像他當初經由黎子泓認識這個人一樣，那時候的男孩也是替自己堆滿這些物品，現在則是由他幫對方。

說不定很快，他就能像之前一樣乖乖吃楊德丞弄的那些蘿蔔暗器了吧。

打開被褥，將大亮的燈給關了，嚴司打開牆角邊的夜燈。

「你也早點睡吧，好好睡一覺，說不定明天起床，就會發現其實沒有那麼糟。」

就像那些已經說得不能再說的老話一樣。

等黑夜過去，天亮之後……

《寶箱》完

【案簿錄小劇場】

護玄　繪

小　孩

最近好友生孩子了～
常常發照片來
乾兒子！
又變大隻了
在那之前的購物習慣。
書
DVD
CD
現在——
糟
不自覺又看起童書玩具了，但是這個看起來還不錯，好想按下去——
標榜無毒的應該還滿適合吧
等等為何現在要盯著這些東西看啊
不要按啊我的手

小孩真可怕，真的。

遊戲

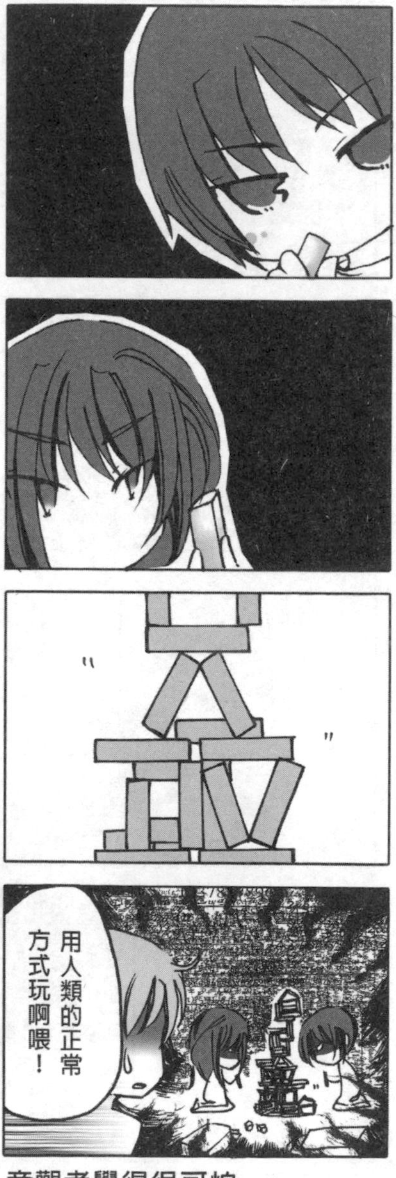
用人類的正常方式玩啊喂！

旁觀者覺得很可怕

遊戲2

因為被唸了，所以換一種。
放鬆點玩 用正常人模式玩吧
夠了 不准算牌。
兩個都給我住手

旁觀者心累了

【護玄作品集】

因與聿案簿錄（全八冊）

奇幻靈異、驚悚推理、歡樂搞笑
無聲的紫眼少年與身懷陰陽眼的衝動派，
因與聿的不可思議事件簿。

案簿錄 陸續出版

層層堆疊的案簿錄，逐漸拼湊出「它」的全貌……
繼【因與聿】後，護玄再次推出期待度NO.1的【案簿錄】。
原班人馬加上陸續出場的新角色，更添有趣互動；
新的故事主軸，將故事擴展至其他人氣角色。
奇幻靈異、驚悚推理，最熟悉也最新鮮的案簿錄！

異動之刻（全十冊）

輕鬆詼諧．全新奇幻
喪禮追思會上，一個個散發異樣感覺的人物接連出現。
喪禮之後，地下室竟無端冒出了吸血鬼公爵。
不會吧！住了十幾年的家原來是個大鬼屋……
17歲高中生開始了他的奇妙人生！

新版 特殊傳說〈學院篇〉〈亙古潛夜篇〉陸續出版

既爆笑又刺激的冒險，既青春又嗨翻天的故事設定!!
《特殊傳說》是一部揉合眾多奇幻梗更加上獨特構想的故事。作者筆下的迷人角色、明快的鋪陳、詼諧又緊湊的劇情，帶來閱讀的全新體驗。陸續展開的不可思議校園生活加上各個角色尋找自我與逐漸成長的過程，讓人翻開故事，便一頭栽入這屬於我們的特殊傳說！

兔俠 陸續出版

各種神奇之物降臨的年代，有一群身懷異能的人們，
秉持不同的正義，邁向各自的英雄之道……
20歲娃娃臉熱血青年與伙伴們的「變調」英雄之路，於焉展開！

國家圖書館出版品預行編目資料

寶箱／護玄 著.——初版.
——台北市：蓋亞文化，2014.12
面； 公分.（案簿錄；7）
ISBN 978-986-319-117-9（平裝）

857.7 103022062

悅讀館 RE315

案簿錄 柒

寶箱

作者／護玄
插畫／AKRU 封面設計／克里斯
出版社／蓋亞文化有限公司
地址◎ 台北市103承德路二段75巷35號1樓
電話◎（02）25585438 傳眞◎（02）25585439
部落格◎ gaeabooks.pixnet.net/blog
臉書◎ www.facebook.com/Gaeabooks
電子信箱◎ gaea@gaeabooks.com.tw
投稿信箱◎ editor@gaeabooks.com.tw
郵撥帳號◎ 19769541 戶名：蓋亞文化有限公司
法律顧問／宇達經貿法律事務所
總經銷／聯合發行股份有限公司
地址◎ 新北市新店區寶橋路二三五巷六弄六號二樓
電話◎（02）29178022 傳眞◎（02）29156275
港澳地區／一代匯集
地址◎ 九龍旺角塘尾道64號龍駒企業大廈10樓B&D室
電話◎（852）2783-8102 傳眞◎（852）2396-0050
初版三刷／2022年1月
定價／新台幣 220 元
Printed in Taiwan

ISBN／978-986-319-117-9

Gaea

GAEA